KB048949

하루하루가
기적입니다

일러두기

책에 등장하는 민들레 국수집 손님들의 이름은 사생활 보호를 위해 몇 분을 제외하고는 가명을 사용하였습니다.

하루하루가
기적입니다

민 들 레 국 수 집 주 인 장 서 영 남 에 세 이

글 서영남 | 사진 이강훈

샘터

아직 문 안 닫았어요?

"민들레 국수집 아직도 문 안 닫았어요?"

심심치 않게 듣는 말입니다. 민들레 국수집이 문을 연 지 어느새 13년이 흘렀습니다. 도로시 데이의 '환대의 집'을 흉내 내고 싶었습니다. 긴 세월 동안 참으로 많은 분들이 함께해 주셨습니다. 고맙습니다. 놀랍고도 놀라운 일입니다.

보리빵 다섯 개와 물고기 두 마리뿐인데 배고픈 사람들은 남자만도 오천 명이 넘습니다. 엄두가 나질 않습니다. 이 많은 사람들에게 보리빵 다섯 개와 물고기 두 마리는 없는 것이나 마찬가지입니다. 그래서 나누려는 시도조차 부질없어 보입니다.

민들레 국수집도 그랬습니다. 2003년에 가진 것이라곤 300만 원뿐이었습니다. 식탁 하나 놓고 국수를 삶았습니다. 겁도 없이 그렇게 시작했습니다. 그런데 놀랍고 놀라운 일들의 연속이었습니다.

10년이 훌쩍 지났습니다. 나이 육십이 넘어 필리핀에서 또다시 놀라운 체험을 하게 되었습니다. 필리핀에는 너무도 배고픈 사람들이 많아서 민들레 국수집을 시작하면 사람들이 구름처럼 몰려와 밥 달라고 할 텐데 어떻게 감당하려고 그러느냐며 모두 말렸습니다.

제대로 먹지 못한 아이들입니다. 머리엔 부스럼이 나고, 콧물을 흘리고 배만 볼록 나온 깡마른 아이가 허겁지겁 밥을 먹는 모습을 보면 겁이 나기도 했습니다. 그런데 놀랍습니다. 아이들 눈망울이 초롱초롱해집니다. 꿈을 꾸기 시작합니다.

배고픈 이들을 좋은 것으로 먹이시는 그분의 기적을 봅니다.

아직 문 안 닫았어요?

함께 가요, 우리

이해인(수녀, 시인)

12년 전 4월 첫날

따뜻한 봄 햇살이

마음에 사랑을 꽃피우던 그날

배고픈 이들을 먹이고 싶은

조그만 소망으로

맘씨 좋고 웃음 좋은

베드로 천사 아저씨가 시작한

'민들레 국수집'

열두 번의 사계절이 흐르는 동안

맑고 담백하게 맛 좋은 국수를 나누며
서로가 서로에게 욕심 없는 담백함으로
힘과 용기가 되어 준 은총의 시간들을
함께 감사 드립니다

더 새롭게 감사하기 위해 모인
이 만남의 자리 기쁨의 꽃자리
여기선 우리 모두가 형제이고 가족입니다
그 누구도 차별하지 않는
벗이고 애인이고 은인입니다
잘하고도 우쭐대지 않는 겸손
절망하지 않는 용기로
서로의 손을 잡고 여기까지 걸어온 우리
앞으로도 함께 가요
힘든 일이 있어도
서로 먼저 배려하고

서로 먼저 격려하며
함께 살아요, 우리
함께 나누어요, 우리

때로는 어둠 속에 방황하다가도
다시 돌아올 수 있는 집
외로울 땐 눈물을 닦아 줄 수 있는
사랑의 손길이 되어요, 서로에게
앉아서도 멀리 가는
들판의 노오란 민들레처럼
웃고 또 웃어요
사랑하고 또 사랑해요

지금은 봄
봄을 닮은 예수님 안에서
우리 서로 사랑하면

함께 가요, 우리

9

언제라도 봄

우리는 사랑 안에

다시 태어나려고 합니다

'민들레 국수집'으로 가는

좁은 골목길마다

넓은 햇살로 축복하시는 사랑의 주님께

우리의 소박한 꿈과 기도

시간과 사랑을

다시 봉헌하며

다시 기뻐하는 오늘입니다

앞으로도 계속

민들레의 영성으로

겸손하게 응답하는 한마음의

민들레 가족이 되고자

두 손 모읍니다

변함없는 감사의 마음 모아

하느님께 영광을

이웃에겐 기쁨을 드리고자

다짐하고 다짐하며

푸른 하늘을 향합니다,

고맙게, 행복하게!

(2015. 4. 1)

함께 가요, 우리

| 차례 |

04

나눌수록
더 커지는
기적

무한 경쟁사회에서 밀려나 거리를 헤매는 이들에게 또다시 경쟁에서 이기는 법을 가르쳐서는 절대로 자활이 되지 않습니다. 1등만이 살 수 있는 세상에서 밀려난 사람들에게 필요한 것은 가족과 이웃, 따뜻한 공동체의 체험입니다. 나보다 귀한 남을 찾아 만날 때, 이들에게는 새로운 삶이 시작될 수 있습니다.

01

민들레,
바람 타고
온 마을에 활짝
피었네

하루하루가
기적입니다

하루하루가 기적입니다. 배고픈 손님들은 끊임없이 밀려옵니다. 온종일 밥하고 국을 끓이고 반찬을 만들고 설거지를 합니다. 밀린 수도료와 전기료, 도시가스료를 생각해 봅니다. 방세는 어떻게 마련할지 방법이 없습니다. 오늘 하루를 버티기가 참으로 어렵다고 생각하면서 국수집에 옵니다.

그사이 물가가 너무 올랐습니다. 달걀 값도 오르고 소고기, 돼지고기, 닭고기 값도 오르고, 채소 값도 너무 올랐습니다. 고춧가루와 마늘 등 양념류도 비쌉니다. 배춧값이 금값일 때는 김치 담글 엄두가 나지 않습니다. 조금 지나면 배춧값이 좀 떨어질까 기다려 보지만, 그때까지 국수집에 있는 김치가 버틸 수 없을 것 같아 마음이 급해집니다.

요즘 우리 손님들은 입이 커졌습니다. 맛있는 고기 반찬이 계속 나오기 때문입니다. 얼마 전에 처음 온 손님이 푸른 풀밭이라고 불평하는 것을 들었습니다. 고마운 분들이 맛있는 반찬을 만들 수 있도록 끊임없이 도와주십니다. 오늘은 밥, 닭백숙(반 마리), 배추김치, 근대 나물, 고추 장아찌, 김 무침, 콩나물, 어묵 조림, 계란 프라이입니다. 후식은 초코우유입니다.

닭고기를 드시는 모습을 보면 가슴이 짠합니다. 얼마나 정성스럽게 먹는지 닭뼈가 깔끔합니다. 물로 헹궈 놓은 것처럼 깨끗합니다.

민들레 국수집을 시작한 지 이제 13년째입니다. 처음에는 배고픈 우리 손님들께 국수라도 대접하면 제 마음이 편하려나 했습니다. 그런데 그게 아니었습니다. 조금만 도와드리면 살 수 있는 분들이 너무도 많았습니다.

푼돈을 아껴서 몇 십만 원이라도 모으면 민들레 식구를 한 분씩 모셨습니다. 단칸방 하나 얻어서 한 분씩 노숙을 그만할 수 있도록 조금 도와드렸습니다. 이제는 주변에 민들레 식구들이 서른 명도 넘습니다.

민들레꿈 공부방, 민들레꿈 어린이밥집, 민들레책들레 어린이도서관,

민들레 국수집은 하루하루가 기적입니다.
희한하게도 있는 것을 다 털어서 손님들께 대접하면
고마운 분들이 더 많은 것, 더 좋은 것을 가져다줍니다 민들레희망센터, 민들레 진료소, 민들레 가게, 어르신 민들레 국수집, 필리핀 다문화가족 모임, 필리핀 엄마들을 위한 한글교실, 필리핀 민들레 국수집까지 어쩌다 보니 일이 너무 커져 버렸습니다.

돈도 많이 듭니다. 한 번도 민들레 국수집의 일은 제가 계획한 대로 이루어진 적이 없습니다. 내 뜻대로가 아니라 하느님의 섭리로 이루어지는 일이기 때문입니다.

하느님의 섭리에 기대어서 산다는 것은 참으로 스릴 만점의 삶입니다. 백조처럼 우아하게 보이지만 물밑에서는 필사적으로 발을 움직여야만 합니다. 끊임없는 갈등에 어쩔 줄을 모릅니다. 주머니를 전부 털어 겨우 닭 일곱 마리를 사서 닭백숙을 해서 한 대접씩 손님들께 드릴 때, 바닥을 드러낸 쌀독을 살짝 엿볼 때의 안타까움은 이루 말할 수 없는 것입니다. 가스가 떨어질까 봐 마음 졸이던 때도 많았습니다.

그런데 희한하게도 있는 것을 다 털어서 손님들께 대접하면 고마운 분들이 더 많은 것, 더 좋은 것을 가져다줍니다.

얼마 전 아침입니다. 예순다섯이신 황○○ 님은 민들레 국수집 VIP 손님입니다. 거금 3만 원을 반찬 사는 데 보태라며 수줍게 내밉니다. 제 가슴이 감동을 먹었습니다. 3만 원이면 일주일이나 찜질방에서 잘 수도 있는 큰돈입니다. 아무 조건 없이 그냥 고맙다면서 내어놓는 너그러운 마음은 정말 하느님 마음 같습니다.

연이어 전화가 왔습니다. 국수집에 와서 봉사활동을 하고 싶은데 어렵다고 합니다. 그래서 미안하지만 돈을 좀 보내도 되는지 물어봅니다. 놀랍습니다.

민들레 국수집을 후원해 주셔도 연말정산 때 필요한 후원금 영수증을 발급해 드릴 수 없는데, 도와주시는 분이 끊이질 않습니다. "고맙습니다"라고 인사도 못 드리는데도 이 모든 것이 원활하게 운영될 수 있도록 참 많은 분들이 끊임없이 도와주십니다.

예산을 확보하지 않고서 손님을 대접하는 일이 무척 겁나는 일이기는 하지만 하느님의 섭리를 체험하는 멋진 일이기도 합니다. 고마운 분들의 도움으로 희망이라곤 찾아볼 수 없었던 우리 손님들이 한 분 한 분 살아나는 기적을 봅니다. 이 모든 것이 은인들 덕분입니다. 고맙습니다!

줄을 세우지
않는 이유

　민들레 국수집을 찾아오시는 손님들은 줄을 서지 않습니다. 오전 10시부터 오후 5시까지 문을 여는 민들레 국수집입니다. 손님들이 쉴 새 없이 들어섭니다. 줄은 서지 않습니다. 네 명이 앉을 수 있는 식탁 여섯 개의 자리가 꽉 차면 빈자리가 날 때마다 기다리는 손님들을 부릅니다. 이곳저곳 주차된 차들 사이에 앉아 있거나 서성이던 손님들이 들어옵니다. 그냥 가시려나 처다보면 순식간에 쑥 국수집으로 들어옵니다.

　줄을 서는 것도 일종의 경쟁입니다. 무한 경쟁사회에서 노력을 했지만 결국은 밀려나 여기까지 왔는데 밥 먹는 것마저 줄 세우며 경쟁하게 한다는 것은 너무 마음 아픈 일입니다. 민들레 국수집에서는 먼저 줄을 선 사람이 아니라 더 배고프고 약한 사람이 먼저 먹습니다.

그리고 사람이 사람답게 드실 수 있도록 식판을 사용하지 않습니다. 사람마다 먹고 싶은 양이 다릅니다. 그래서 손님들 스스로 음식을 담아서 마음껏 드시도록 합니다.

처음 민들레 국수집을 시작했을 때는 식탁 하나에 간이의자 여섯 개뿐이었습니다. 그리고 민들레 국수집이 문을 여는 시간은 겨우 일곱 시간뿐입니다. 그런데도 150명에서 300명 정도의 손님이 이곳에서 식사를 하셨습니다. 믿기지 않는 일입니다.

우리 손님들은 앉을 자리가 없어서 밖에서 기다리면서도 줄을 서지 않습니다. 어쩌다가 처음 오신 손님이 줄을 서서 기다리는 때도 있습니다. 다른 분들이 늦게 왔는데도 먼저 식사하는 걸 보고 속상해서 화를 내는 분이 있기도 합니다. 왜 선착순으로 식사하게 하지 않느냐고 항의를 합니다.

그래도 민들레 국수집에서는 절대로 줄의 순서에 따라서 식사를 대접해 드리지 않습니다. 민들레 국수집의 식사 순서는 무조건 가장 많이 굶으셔서 가장 많이 배고프신 손님부터입니다. 잘 모르고 줄을 서신 경우에는 맨 뒤에 계신 분부터 식사를 하실 수 있습니다.

노숙하시는 분들이나 우리 사회의 가난한 사람들, 사회적인 약자들은 모두 세상의 줄에서 가장 맨 끝에 있는 이들입니다. 줄 서기 경쟁에서 밀려 뒤로 처진 이들입니다. 너무 착해서, 너무 욕심이 없어서 줄 서기 경쟁에서 밀려 밥 한 그릇 맘껏 드실 수 없는 손님들을 대접하는 곳에서 또다시 줄을 세워 경쟁에서 이긴 사람부터 식사하게 해드린다는 것은 옳지 않기 때문입니다.

약한 이들을 먼저 배려해 드리면 믿기 어려운 놀라운 일들이 벌어집니다. 더 배고픈 분들과 꼴찌인 분들이 먼저 식사를 하시면서 밖에서 기다리는 분들을 성의껏 배려하는 착한 모습을 볼 수 있습니다. 좀 더 맛있는 반찬은 남겨 두고, 기다리는 분들을 위해 좀 더 빨리 드십니다. 그러면 어느새 밖에서 기다리던 손님이 보이지 않습니다.

무료 급식을 한다고 거리에 줄을 세워 놓는 것은 제가 볼 때는 제대로 사람대접을 안 하는 것 같았습니다. 눈칫밥을 주면 안 됩니다. 따뜻하고 자상하게 배려해야 가난한 사람들이 살아갈 힘을 얻습니다.

손님들은 진수성찬을 바라지도 않습니다. 부족해도 정성스러운 마음, 좀 더 잘 대접하려는 마음을 봅니다. 배고픈 사람에게 한 손으로 '옛다 먹어라' 하는 대신 두 손으로 그릇을 받쳐 들고 '차린 것이 없지만 맛있게 드십시오' 하면 됩니다.

민들레, 바람 타고 온 마을에 활짝 피었네

25

어르신을 위한
민들레 국수집을 열다

2012년 초부터 민들레 국수집에 할아버지와 할머니들이 눈에 띄게 많이 찾아오시기 시작했습니다. 사실 민들레 국수집 근처에는 무료로 식사를 할 수 있는 경로식당이 몇 군데 있습니다. 65세 이상의 어르신들만 갈 수 있는 곳입니다. 우리 젊은 손님들이 민들레 국수집이 쉬는 날 경로식당에 들렀다가는, 젊은 놈이 밥 먹으러 온다고 핀잔 듣기 일쑤라고 했습니다.

민들레 국수집을 찾아오시는 어르신에게 사정 이야기를 했습니다.

"민들레 국수집은 배가 고파도 밥 먹을 곳이 없는 노숙하는 젊은 사람

들에게 양보하시고, 오늘만 여기서 드시고 다음에는 경로식당으로 가시
는 것이 어떻겠어요?"

그러면 대부분의 착하신 어르신은 그러겠다고 하십니다. 그런데 할아
버지, 할머니들이 끝도 없이 밀려왔습니다. 국수집의 쌀이 달랑거리기
시작했습니다. 손님들이 밖에서 자리가 나길 기다리는 경우가 자주 생겼
습니다. 온종일 밥하고 그릇 닦아도 손님들이 끝없이 오셨습니다.

아무래도 어르신들을 위한 식당을 별도로 열어야 하나 하는 고민이
생겼습니다. 경로식당에 갔다가 핀잔을 들은 경험이 있는 젊은 손님들이
어르신들에게 앙갚음하는 경우가 있었기 때문입니다. 그리고 우리 손님
들이 드시는 음식과 어르신들이 드실 음식은 조금 달라야 하는데 그것
을 맞추기가 어려웠습니다.

하루는 국수집이 난리가 났습니다. 손님들이 얼마나 끊임없이 들어오
시는지 오전에 세 번이나 밥이 익지를 않아 손님들이 기다리는 일이 일
어났습니다. 급히 압력밥솥에 밥을 해야 했습니다. 근처 경로식당에서
인천 동구에 주민등록이 되어 있지 않은 어르신은 식사를 할 수 없다고
한 모양입니다. 그래서 민들레 국수집으로 몰려오신 것이지요.

2012년 말부터 어르신들을 위한 민들레 국수집을 마음에 그리면서 가
게를 알아보았습니다. 이리저리 알아본 끝에 얼마 전에 폐업한, 국수집

민들레, 바람 타고 온 마을에 활짝 피었네

27

옆 정육점으로 자리가 정해졌습니다.

2013년 3월 2일, 드디어 어르신들을 위한 민들레 국수집을 열었습니다. 이곳은 스무 자리가 마련돼 있고, 잔치국수를 대접합니다. 고명으로 애호박과 당근 그리고 계란 지단을 만들고 다시마도 채를 썰어서 올립니다. 달걀을 삶아서 반으로 갈라 국수에 넣어 드리기도 합니다. 반찬은 김치와 깍두기 정도 내어 드립니다.

"돈도 받지 않는데 참 맛있다!"

식사 후 가시는 길에 할머니들이 나누시는 이야기를 들었습니다.

민들레 국수집에서 충분히 식사를 하신 후에 또 어르신을 위한 민들레 국수집에 들러서 국수 한 그릇 더 드시고 가는 우리 손님도 계십니다. 그리고 하루에 두 번 이상 오시는 어르신께는 한 번은 민들레 국수집에서 밥을 드시도록 하기도 합니다.

두 번, 세 번 드셔도 괜찮고, 나이불문, 성별불문, 종교불문, 지역불문입니다. 누구든지 국수를 드시겠다고 하면 대접합니다.

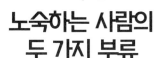

노숙하는 사람의
두 가지 부류

민들레 국수집을 열고 손님들을 대접하면서 상처 입고 삶에 지쳐 버린 사람을 많이 보았습니다. 처음에는 취직만 시키면 노숙에서 벗어나게 하는 것인 줄 알았습니다. 그런데 취직했던 이들이 열에 아홉은 얼마 못 가서 다시 노숙을 하고 있는 것을 보았습니다. 내가 왜 노숙을 하게 되었는지 알지 못했기 때문입니다.

그들은 남이야 죽든 말든 나만 살면 된다는 세상 논리에 속아 넘어갔습니다. 나보다 중요한 존재는 세상에 없다고 철석같이 믿고 삽니다. 그래서 이웃도 없는 외톨이로 혼자 삽니다. 이승을 살면서도 이웃도 없고 하느님도 없는 지옥을 체험하고 삽니다. 이처럼 혼자만 잘 살면 될 줄 알 았던 사람을 취직시켜서 또다시 혼자 살게 했으니 실패는 당연한 일인 지도 모릅니다.

노숙을 하는 사람을 크게 두 부류로 나눌 수 있을 것 같습니다.

첫째 부류는 너무 가난해서 사랑을 받아 본 적이 없는 사람들입니다. 고아원에서 자랐거나 부모님이 이혼했거나 버림받았거나 삶이 고달팠 던 이들입니다. 그래서 행복했던 기억도 없습니다. 삶의 희망도 없었던 사람입니다. 소원이라면 배부르게 먹고 잠을 실컷 자는 것 정도였습니 다. 피자 배달을 해서 모은 돈 백만 원으로 팔에 문신을 하고 자랑하는 십 대 소년 같습니다.

사랑은 주는 것이 아니라 받는 것인 줄로만 압니다. 다른 사람은 오로 지 자기를 위해 주는 사람이면 좋겠다고 생각합니다. 사랑받아 본 체험 이 없으니 자기중심성에서 벗어날 수가 없습니다.

둘째 부류는 경쟁만이 살 길인 줄 아는 사람입니다. 자기가 살기 위해 서는 남을 짓밟아도 어쩔 수 없다고 생각합니다. 악착같이 선착순 1등이 되려고 기를 썼습니다. 공부도 그렇게 했습니다. 노숙을 하기 전에는 사 업도 했고 출세의 길도 달렸습니다. 그러면서 자기가 살기 위해서 이웃 을 가차 없이 쳐냈습니다. 마지막에는 가족마저 자기가 살기 위해 버리

자기중심성에서 벗어나는 길은 사랑입니다.
나보다 귀한 남을 찾아 만나는 것입니다.
그러기 위해서는 자기 것을 이웃과 나누어야 합니다.

고 결국 혼자가 되어 버린 사람입니다. 둘째 부류의 사람도 극단적인 자기중심성에서 벗어나기가 참으로 어렵습니다.

자기중심성에서 벗어나는 길은 사랑입니다. 나보다 귀한 남을 찾아 만나는 것입니다. 그러기 위해서는 자발적으로 자기 것을 이웃과 나누어야 합니다. 그럴 때 우리는 자기중심성에서, 지독한 이기주의에서 벗어나 멋진 삶을 누릴 수 있을 것입니다. 왜냐하면 사랑하는 사람을 위해서라면 내 존재가 사라진다 해도 두려움이 없는 것이 사랑이기 때문입니다.

2012년 11월 어느 날이었습니다. 비가 내리고 있었습니다. 목발에 의지한 초라한 손님이 민들레 국수집을 찾아왔습니다. 동인천역에서 며칠 전부터 노숙을 하고 있었는데 사흘 동안 아무것도 먹지 못했다고 합니다. 밥상을 차려 드렸습니다. 커피 한 잔을 먹을 수 있는지 물었습니다. 커피를 타서 드리면서 이야기를 나눴습니다.

이름은 정수라고 했습니다. 나이는 마흔여섯. 어릴 때 어머니가 집을 나갔고, 여섯 살 때 아버지가 돌아가셨다고 합니다. 그때부터 남해안 작은 섬에서 머슴처럼 살았답니다. 초등학교는 한 학기를 다니고 그만두었지만 그래도 자기 이름 석 자만큼은 쓸 줄 안다고 합니다.

열세 살부터 고깃배를 탔습니다. 어른이 되어서 일을 잘할 때는 여자와 살림도 차렸지만 빚을 갚아 주다가 헤어지고 혼자 살았다고 합니다. 배에서 일하다가 다리를 다쳤고, 너무 아파서 술을 많이 먹었는데 그만 다리를 쓸 수 없게 되었다고 합니다. 일도 할 수 없고 방세도 낼 수 없어 거리로 나왔다고 합니다.

민들레 식구 중에 제일 마음이 넓은 영인 씨에게 방을 하나 구할 동안만 정수 씨와 함께 지낼 수 있는지 물어봤습니다. 좋다고 했습니다. 그날로 주민센터에 가서 전입신고를 했습니다. 그리고 기초생활수급자 신청을 했습니다.

다음 날 병원에 가서 진찰을 받았습니다. 의사 선생님이 물었습니다. 무척 아팠을 텐데 어떻게 참았느냐고요. 정수 씨는 그냥 참았다고 합니다. 고관절을 인공관절로 바꿔야 하고, 무릎관절도 인공관절로 바꾸는 수술을 해야 한답니다. 앞으로 네 번의 수술을 해야 걸을 수 있다고 합니다. 그러면서 진단서를 주셨습니다.

한 달 만에 정수 씨가 기초생활수급자가 되었습니다. 의료보호 1종도 되었습니다. 곧바로 인천의료원에 입원했고, 수술을 받기 위해 구청에 긴급의료 지원을 신청했습니다. 그렇게 정수 씨의 치료가 시작되었습니다. 고관절 수술이 두 번에 걸쳐서 성공적으로 이뤄졌습니다. 몸이 너무 쇠약해져서 세 번째 수술은 무리라고 했습니다. 퇴원해서 민들레 국수집에서 몸조리를 했습니다.

두 달을 쉬고서 세 번째 수술을 했는데, 몸이 너무 약해서 네 번째 수술도 몇 달 뒤에나 해야 할 것 같다고 합니다. 퇴원하고 여인숙에 방을 얻어 사는데 심심해서 어르신 국수집에서 자원봉사를 붙박이로 하는 바람에 자연스레 민들레 식구가 되어 버렸습니다.

요즘 정수 씨 얼굴에 살이 올랐습니다. 뽀얗습니다. 얼마 전에 정수 씨에게 요즘 지내는 것이 어떤지 물어봤습니다. 전에는 무엇을 해도 짜증이 나고 화가 났는데, 지금은 모든 것이 고맙다고 합니다.

민들레 식구들도 정수 씨처럼 삶의 막다른 골목에서 어쩔 줄 모르던 이들이었습니다. 삶에 지쳐 희망마저 버렸던 외톨이였습니다. 그런데 나보다 귀한 남이 있다는 것을 체험하면서 놀랍도록 변합니다. 사랑을 체험하면 마음이 넉넉해집니다. 나보다 귀한 남이 있다는 것을, 돈보다 귀한 것이 세상에 있다는 것을 알게 됩니다.

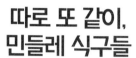

따로 또 같이,
민들레 식구들

민들레 식구들은 겨우 방 한 칸에 세 들어 삽니다. 누구는 "밥도 그냥 준다면 나중에 옷도 그냥 사주고 집도 그냥 사줘야 되는 거 아니냐"라고 합니다. 하지만 몸 누일 곳조차 없는 민들레 국수집의 VIP 손님들에겐 방 한 칸이라도 있는 것이 얼마나 다행스러운 일인지 모릅니다.

방을 한 칸씩 전부 마련해 드릴 수는 없지만 찾아오시는 배고픈 분들께 맛있고 영양 풍부한 음식을 맘껏 드시게 하고 싶습니다. 때에 절고 다 떨어져서 옷이라고 할 수도 없는 것을 걸친 우리 손님에게는 헌 옷이라도 깨끗하게 세탁된 옷을 드리고 싶습니다. 밑창이 너덜거리는 신발 아

민들레, 바람 타고 온 마을에 활짝 피었네

닌 신발을 신고 추위에 떠는 우리 손님에게 새 운동화를 드리면 좋겠지만 헌 운동화라도 맘껏 드리고 싶습니다.

민들레 국수집의 형편이 조금 좋아지면 돈을 조금씩 모았다가 우리 손님 한 분을 민들레의 집 식구로 초대합니다. 그간 민들레의 집 식구로 참 많은 사람들이 살다가 떠났습니다.

처음에는 몸 하나 누일 방만 있어도 더 바랄 것이 없다고 좋아했습니다. 밥을 맘껏 먹을 수 있어서 참 좋다고 했습니다. 그렇게 민들레 식구가 되어 오순도순 살았습니다. 떠난 사람들 중에는 잘 사는 사람도 있습니다. 아니, 잘 살아가는 사람이 더 많습니다. 더는 노숙을 하지 않고 살아가는 모습을 보면 흐뭇합니다.

그런데 가슴 아프게 하는 사람도 있습니다. 그렇게 욕심을 내면서 혼자만 잘 살 것처럼 하던 사람이 다시 노숙을 하는 것을 봅니다.

얼마 전에도 아기와 살던 부부가 보이지 않았습니다. 옆집에 사는 분들이 한 달째 사는 흔적을 보지 못했다고 합니다. 전기와 수도료 연체 딱지가 붙어 있습니다. 문을 열어 보았습니다. 세상에! 쓰레기만 가득합니다. 보일러도 뜯어 갔습니다. 냉장고는 모터 부분만 뜯어 갔습니다. 고물로 팔 수 있는 것은 다 가져갔습니다.

처음 국수집에 왔을 때는 생후 일곱 달 된 아기와 함께였습니다. 추운

노숙을 하기까지는 내가 살아나야 한다고 믿었습니다.
경쟁만이 살 길이라고 생각했습니다.
내가 살기 위해 나 아닌 존재는 없애도 괜찮은 줄 알았습니다.
그러다가 결국 혼자가 되어 버린 사람들입니다.

겨울에 노숙을 하고 있기에, 서둘러 단칸방 하나 얻어서 살림을 살 수 있게 했습니다. 아기 우유도 고마운 분들이 보내주셨습니다. 그 아기가 커서 봄부터는 아장거리면서 어린이집도 다녔습니다.

그러다가 지난여름 집주인이 너무 집을 험하게 쓴다고 방을 비워 달라고 했습니다. 집수리 비용으로 보증금도 떼였습니다. 그래서 부랴부랴 이곳으로 옮겼습니다. 아기 엄마가 부업도 하는 것 같았습니다. 그런데 전기·수도료마저 연체하곤 바람처럼 사라졌습니다. 그래도 어디 가서든 잘 살면 좋겠습니다.

민들레 공동체는 느슨합니다. 어떤 분은 혼자 지냅니다. 어떤 분은 한 달에 한두 번 모습을 드러내기도 합니다. 어떤 분은 서로 어울려서 지내기도 합니다. 그러다 점점 진짜 가족처럼 변해 갑니다. 처음에는 모래알처럼 흩어져 있어야 편안해합니다. 그러다가 서서히 식구가 옆으로 오는 것을 허용하고, 어느 때부터는 식구가 옆에 있어도 전혀 불편해하지 않습니다.

노숙을 하기까지는 내가 살아나야 한다고 철석처럼 믿었습니다. 경쟁만이 살 길이라고 생각했습니다. 내가 살기 위해서는 나 아닌 다른 존재는 아낌없이 없애도 괜찮은 줄 알았습니다. 그러다가 결국은 혼자가 되어 버린 사람이 노숙을 하는 사람들입니다.

'홀로', '혼자' 살던 생활에서 예수님을 중심으로 이웃과 함께, 이웃과 더불어 살아가는 것이 회개입니다. 고개를 돌려 삶의 방향을 바꾸는 것입니다. 이웃들과 더불어 사는 곳이 바로 꽃자리입니다. 나와 아무런 인연이 없던 사람들이 형제로 보이기 시작할 때 우리는 다시 살 수 있을 것입니다. 민들레 식구는 바로 이런 삶을 지향합니다.

믿음에 따라 산다는 것, 하느님을 믿고 산다는 것은 나 혼자가 아니라 이웃과 더불어 사는 공동체의 삶을 사는 것입니다. 여기서부터 시작되어야 합니다.

나 혼자만 잘 살려는 것 자체가 죄입니다. 나만 살려고 하는 이기적이고 개인주의적인 욕심이 나를 이웃에게서 떨어져 나가게 하는 것입니다. 그때 사람은 소외와 죽음을 느끼는 것입니다. 바로 지옥이 시작됩니다.

그래도 다시
민들레처럼

2009년에는 너무 많이 걸어서 다리가 아프고 쥐가 났어도 행복했습니다. 꿈만 같았던 민들레희망지원센터를 만들 수 있었기 때문입니다.

2008년 어느 날이었습니다. 첫아기 돌잔치를 대신해서 민들레 국수집에서 우리 손님들께 식사 대접을 하고 싶어 하는 부부가 있었습니다. 손님들께 불고기를 대접하고 아기 엄마와 아빠는 설거지 봉사를 했습니다. 잠시 쉬는 틈에 아기 아빠와 이런저런 이야기를 나눴습니다.

아기 아빠는 노숙하는 분들을 위해서 하고 싶은 것이 있는지 물어보았습니다. 그때 우리 손님들이 식사 후에 낮 동안 편히 지낼 수 있는 공간을 만들면 참 좋겠다고 이야기했습니다.

차 한잔 마시면서 음악도 들을 수 있는 공간,

빨래를 한 다음에 낮잠을 잘 수 있는 공간,

DVD를 보면서 문화적인 기쁨을 누릴 수 있는 공간,

신문도 보고 책도 보고 인터넷도 할 수 있고,

또 취업 정보도 제공받을 수 있고,

팩스나 전화 등 연락처를 남기고 또 연락받을 수 있는 공간,

술 취한 사람들로부터 보호받을 수 있는 공간,

인문학 강의도 들을 수 있는 공간,

동아리 모임을 만들어 공동체 생활도 해볼 수 있는 공간,

스스로 노숙 생활을 청산하려고 할 때 도움을 받을 수 있는 공간,

샤워도 하면서 재활용 옷도 제공받을 수 있는 공간,

할 수 있다면 이발도 할 수 있는 공간

그런 공간을 만들 수 있다면 하고 얼마나 꿈꾸었는지 모릅니다.

2009년 어느 봄날, 돌잔치를 민들레 국수집에서 치른 아기 아빠가 다시 찾아왔습니다. 보건복지부에서 일을 하고 있는데 노숙인을 위한 공간을 만드는 것을 돕고 싶다고 했습니다. 개인에게는 지원이 안 되기에 성공회 재단을 통해 지원해 주면 어떻겠느냐고 묻기에, 천주교 재단이라면

민들레, 바람 타고 온 마을에 활짝 피었네

41

할 수 있다고 했습니다. 그래서 인천교구 사회복지회를 통해 '민들레희망지원센터'를 열 수 있도록 지원받았습니다.

인천교구를 통해 보건복지부에서 지원받은 자금으로 건물을 샀습니다. 건물은 인천교구 재산으로 등기를 했습니다. 대신 민들레 국수집이 노숙인들을 위해 이 건물을 사용하는 동안은 무상으로 쓰기로 했습니다. 또 민들레희망지원센터의 운영비는 전적으로 민들레 국수집에서 책임지기로 했습니다.

그렇지만 1년 이상 운영 상황을 인천교구 사회복지회에 꼬박꼬박 보고했습니다. 그랬더니 어느 날이었습니다. 운영비도 지원하지 않는데 운영 상황을 보고받는 것이 미안하다며 앞으로는 보고하지 않아도 좋다고 했습니다.

민들레희망지원센터 건물 리모델링을 하고 가구와 집기를 마련하면서 힘들었지만 참으로 행복했습니다. 2층 작은 집이었지만 몸 누일 곳조차 없던 노숙 손님들에게는 사막의 오아시스와도 같았습니다. 술만 드시지 않았다면 노숙하는 분은 누구든지 무상으로 이용할 수 있습니다.

얼어죽지 않으려 추운 겨울 밤새 걸었던 손님들에게는 낮잠을 잘 수도 있는 공간이었습니다. 손님들이 발을 씻기만 해도 새 양말을 드리고 아낌없이 세면도구를 드렸습니다. 속옷이 너무 헐어서 입을 수 없으면 새 속옷도 드렸습니다. 센터에서는 모든 것이 공짜입니다.

우리 VIP 손님들이 감기 몸살로 아프거나 갑자기 날이 추워지거나 하면 찜질방 표도 나눠 드렸습니다. 냄새난다고 들어오지도 못하게 했던 찜질방이 이제는 우리 손님들을 보내면 대환영을 합니다. 그래서 찜질방 표를 대량으로 주문하면서 할인받기도 했습니다.

센터에서 민들레 진료소가 격주로 한 번씩 열렸고, 인문학 강의도 했습니다. 작은 음악회를 열기도 했습니다. 또 옥상에 화단을 만들고 곳곳에 꽃을 심고 가꾸었더니 우리 손님들이 행복해했습니다.

민들레희망지원센터를 이용하는 회원 수가 3천여 명에 육박했습니다. 운영비가 많이 들었지만 새록새록 살아나는 손님들 모습을 보는 기쁨에 힘든 줄도 몰랐습니다. 손님들이 한 분 두 분 살아나기 시작했습니다. 그렇게 다섯 해를 보냈습니다.

그러다가 참으로 난감한 일이 일어났습니다. 2014년 봄입니다. 필리핀 민들레 국수집을 준비하느라 정신이 없는데, 어느 신부님이 민들레 국수집의 활동에 딴지를 걸었습니다.

민들레 국수집이 인천교구에 피해를 줄 우려가 있다는 것입니다. 고민 고민하다가 가난해지기로 작정하면 고민할 것도 없겠다 싶어서 민들레희망지원센터 건물을 인천교구에 돌려드렸습니다. 그리고 인천교구 사회복지시설 가입을 포기하고 탈퇴했습니다.

민들레 국수집 혼자 잘 살기 위해 교회와 교구에 누를 끼친다거나 큰 위협이 된다면 국수집이 없어져도 괜찮습니다. 그리고 필리핀 민들레 국수집도 인천교구와 관계없이 자체적으로 다시 진행하기로 했습니다.

그리고 민들레 국수집 근처에 있는 작은 집을 월세로 얻었습니다. 민들레희망지원센터를 이용하던 우리 손님들을 다시 그곳으로 모셨습니다. 샤워 시설과 세탁기 세 대를 설치해 샤워를 하고 빨래를 하실 수 있게 했습니다. 이름은 '민들레희망센터'로 했습니다.

센터에서 열던 민들레 진료소는 어르신 민들레 국수집에서 격주로 토요일에 열고, 일요일은 민들레치과를 열었습니다. 노숙 손님들을 위한 인문학 강의도 민들레 국수집에서 진행했습니다. 그렇지만 우리 손님들의 필요를 채우기에는 민들레희망센터가 너무나 협소했습니다.

손님들이 책을 읽고 싶다고 계속 하소연을 했습니다. 그래서 아내 베로니카가 어려운 형편인데도 참으로 힘겹게 민들레 도서관을 열었습니다. 그렇게 절실했던 모든 기능들을 작게나마 다시 회복했습니다. 민들레처럼.

민들레 국수집의
동물 식구들

나비는 민들레 국수집의 마스코트입니다. 흰색과 검은색이 조화를 이룬 고양이입니다. '길냥이'였는데 아기 고양이일 때 차에 치여서 앞다리를 다쳤습니다. 야옹거리면서 아파하니까 민들레 국수집 손님 한 분이 발견하고 국수집으로 데려왔습니다. 밤새 고양이가 앓았습니다.

동물병원에 데려갔더니 다리 하나를 절단하는 수술을 해야만 살 수 있다고 합니다. 치료비가 30만 원이 넘게 든다고 했습니다. 고민하다가 수술을 하기로 했습니다. 참 많은 고마운 분들이 도와주셨습니다. 고양이에게 필요한 물품과 간식, 먹이를 보내 주시고 또 치료비에 보태라고 도움도 주셨습니다.

퇴원하고는 철망 안에서 지내게 했습니다. 아픈 다리로 야생으로 돌아갔다간 살 수 없을 것 같아서입니다. 우리 민들레 식구들이 지극정성으로 간호를 했습니다. 나비가 많이 자란 뒤에는 철망을 치우고 민들레 치과로 옮겼습니다. 민들레치과가 나비의 집이 되었습니다.

동네를 놀러 다니다가 밥 먹을 때와 잠을 잘 때는 집에 옵니다. 재롱도 잘 부립니다. 나비의 재롱에 VIP 손님들이 참 좋아하십니다. 예쁜 짓을 하는 나비가 어느새 국수집의 마스코트가 되었습니다.

얼마 뒤 민들레 국수집에 갈 데가 없어서 버려진 강아지 한 마리가 왔습니다. 이름은 '까미'입니다. 생후 18개월 정도 되었습니다. 목욕시키고 강아지 집과 사료, 밥그릇 등을 마련했습니다.

나비는 어느 때부턴가 이름이 고순이로 바뀌었습니다. 새끼도 낳았습니다. 앞발이 하나뿐인데도 새끼를 지극정성으로 돌보는 것이 어찌나 기특한지 모릅니다. 까미도 새끼를 세 마리나 낳았습니다. 자원봉사 하러 온 중학생 아이들이 예뻐서 어쩔 줄을 모릅니다.

그렇게 한 마리씩 식구로 받아들인 민들레 국수집 동물 가족은 고양이인 고순이와 강아지인 민들레, 다롱이, 꾸미, 아지, 백구, 까미가 있습니다. 이제 더는 동물 아기들을 받아들이지 말라고 합니다. 더는 안 받겠다고

민들레 국수집의 마스코트인 고양이 고순이는
앞발이 하나뿐인데도 새끼를 지극정성으로 돌봅니다.
엄마 잃은 남의 새끼도 데려다 키웁니다.

다짐을 해도 애처로운 강아지를 보면 모른 척하기가 참 어렵습니다.

고순이는 지난여름에 세 번째로 새끼를 낳았는데, 안타깝게 모두 죽었습니다. 그런데 고순이가 우연히 엄마 잃고 헤매는 다른 새끼를 발견하고는 세 마리나 자기 새끼처럼 키우기 시작했습니다. 젖을 먹이고, 다른 고양이들의 위협으로부터 새끼들을 지켰습니다.

앞발이 하나 없는 몸으로 온 힘을 다해 새끼들을 지키려 노력했지만, 큰놈에게 두 마리를 잃고 겨우 한 마리만 남았습니다. 밤새 새끼를 지키다가 낮에는 겨우 지친 몸을 누입니다. 고순이가 잘 돌본 덕분에 한 마리남은 '입양 고양이'도 이제는 제 앞가림을 할 줄 알게 되었습니다. 참으로 다행입니다.

노숙자로
살아간다는 것

민들레 국수집의 홈페이지에 올라온 글입니다.

빈곤층과 노숙자들의 문제는 우리나라만의 문제는 아닌 것 같습니다. 특별한 통계 같은 것은 잘 알지 못하지만 한 달 정도 노숙자의 입장에서 체험해 보았던 스스로의 경험담을 잠시 소개해 볼까 합니다.

민들레 국수집을 처음 방문했던 게 8월 초, 모든 걸 잃고 아무것도 가진 게 없는 처지에서 민들레 국수집을 찾았습니다. 하루에 한 끼, 어떨 때는 두 끼를 민들레 국수집에서 해결했습니다. 잠을 잘 곳도 없었지만 거리에서

민들레, 바람 타고 온 마을에 활짝 피었네

박스나 신문지를 깔고 잠을 청할 수는 없어, 지하철이 끊기면 역 주변 벤치에 앉아 첫차가 오기를 기다려 지하철에서 잠을 자고 지하철역 화장실에서 씻었습니다.

그런 지도 어느새 한 달째가 되어 가네요. 민들레 국수집 부근 화도진도서관은 무료 개방이라 하루에 두 시간은 인터넷 사용도 무료로 하고 가끔 이곳에 글도 올립니다.

서울역, 영등포역, 청량리역, 용산역 등 노숙자들에게 무료로 급식을 하는 곳을 몇 군데 알게 되었습니다. 여름휴가가 겹치는 곳이 많아 8월 중순 전후에는 모두 노숙자들에게 무료 급식 혜택을 주지 못하였습니다.

영등포역 주변 노숙자들 무료 급식소를 세 번 정도 이용해 보았습니다. ○○교회. 홈리스 드롭인 센터라고 쉼터를 운영하고 있고 노숙인들에게 무료 급식을 해주더군요. 무료 급식을 하는 시간인 12시 전후가 되면 100미터 이상 줄을 섭니다. 한 달은 씻지 않은 듯 보이는 허름한 차림의 사람부터 장애인과 부랑인들도 보였습니다. 자원봉사자들이 열심히 무료 배식을 하고 있었지만 마치 어둠의 세계에 들어와 있는 느낌을 지울 수가 없었습니다.

○○○의 집. 천주교 신부님이 운영하는 곳인데 이곳 역시 12시 무료 급식을 받기 위하여 11시 전부터 줄을 섭니다. 노인들과 노숙인 각기 줄을 따

로 서서 급식을 합니다. 새치기를 하면 욕설이 난무하고 조금이라도 빨리 먹기 위해 아우성치는 모습을 보았습니다.

○○○○센터라고 서울역과 영등포역에 상담소가 있고 절차를 거쳐 쉼터 입소를 권합니다. 쉼터에 들어가면 모든 게 해결이 될 것같이 말하지만 그것은 그들만의 생각이고, 쉼터는 쉼터가 아니라 포로수용소 같은 느낌을 줍니다.

민들레 국수집은 정부의 지원도 받지 않는다고 하는데, 이런 곳들에 비한다면 노숙인에게는 아낌없이 주는 나무 같은 곳이라는 생각이 듭니다.

저 역시 노숙자입니다. 노숙자들을 무조건 도와줘야 한다고는 생각하지 않습니다. 정말 일할 능력이 없고 병들어 어쩔 수 없는 사람들을 제외하고 근로 능력이 있는 사람들에게는 노숙자의 처지에서 탈피할 수 있도록 뭔가 뚜렷한 해결책이 있었으면 좋을 텐데……. 정부에서도 해결책이 없는 현실이 그저 안타까울 뿐입니다.

두서없는 글이지만, 한 분 한 분 노숙자의 처지를 탈피하는 데 이곳 민들레 국수집이 디딤돌이 되었으면 좋겠다는 생각을 해봅니다. 그리고 작은 사랑이라도 함께 나눌 수 있었으면 합니다. 저 역시 그렇게 되기 위하여 노력하려 합니다.

민들레, 바람 타고 온 마을에 활짝 피었네

이 글을 올리신 분이 누굴까 궁금했습니다. 그런데 그 무렵 민들레 국수집에 식사하러 오신 분 중에 관심이 가는 분이 있었습니다. 단정한 옷차림인데 상의와 하의, 운동화 모두 브랜드 제품입니다. 몸 매무새도 깔끔합니다.

"처음 오셨어요?" 물어보았습니다. 몇 번은 오셔서 식사하셨다고 합니다. 자기는 바오로라고 하면서 성당에 다녔다고 합니다. 식사를 참 맛있게 합니다.

양파를 사러 시장을 가는 길에 바오로 형제를 보았습니다. 어디로 가시는지 물었습니다. 민들레희망지원센터에 가서 책을 읽으려고 한다고 합니다. 그리고 어제 아내인 베로니카를 통해 오늘 11시에 저와 면담 약속을 했다고 합니다. 11시까지 기다릴 필요 없이 지금 이야기를 하면 어떤지 물어보았더니 좋다고 합니다.

민들레 가게 앞에 앉아서 이야기를 했습니다. 노숙을 한 지 한 달 정도 되었다고 합니다. 나이는 마흔셋입니다. 동대문시장에서 의류가게를 했다고 합니다. 몇 달 전에 빚잔치를 하고 거리로 나앉았습니다. 한동안 친구들 신세를 졌지만 다들 살기 어려워서 더는 기댈 형편이 아니라고 했습니다.

지체장애 3급으로 기초생활수급자라도 될 수 있을까 알아봤지만 연

로하신 부모님이 계셔서 가능하지 않다고 합니다. 부모님께 손 벌릴 처지도 안 된다고 합니다. 장애가 있어서 결혼할 엄두도 내지 않았다고 합니다.

어제 처음으로 민들레희망지원센터에 가보았다고 합니다. 독후감 발표를 해서 2주일 만에 처음으로 3천 원을 받았다고 합니다. 귀한 돈이라서 고이 간직하고 있다고 합니다. 베로니카께서 찜질방 표를 주어서 오랜만에 씻고 푹 잤다고 합니다.

민들레 식구가 되겠는지 물어보았습니다. 좋다고 합니다. 내일까지 깊이 생각해 보고 오시면 단칸방이나마 하나 얻어 드리겠다고 했습니다.

민들레, 바람 타고 온 마을에 활짝 피었네

굶는 아이, 눈칫밥 먹는
아이가 없으면 좋겠습니다

하교할 시간이 되면 민들레꿈 어린이밥집은 꼬마 손님들로 북적입니다. 밥만 하자니 아이들이 부담스러워하는 것 같아 오후에는 떡볶이, 피자토스트, 햄치즈 샌드위치, 떡꼬치, 딸기잼 토스트, 짜장떡볶이 등 간식을 준비합니다. 초1~중3까지 누구나 와서 먹을 수 있는데, 다른 공부방에 다니는 친구들도 민들레꿈 어린이밥집으로 밥 먹으러 옵니다.

1시부터 4시까지 간식을 대접하고, 4시부터 6시까지 밥을 대접합니다. 아이들이 처음에 공짜라는 말에 의문을 가졌는데 딸 모니카를 비롯한 여러 선생님들이 "여긴 공짜가 아니다. 먹고 '감사합니다'라는 말로 계산을 하니 공짜가 아니다"라고 잘 가르쳐 주었습니다.

2009년의 일입니다. 한 단체에서 봉하마을에서 오리농법으로 재배한 유기농 쌀을 민들레 국수집에 후원하겠다고 연락이 왔습니다. 고맙다고 했습니다. 우리 손님들에게 그 쌀로 밥을 해 드리면 참 좋아하시겠다고 생각했습니다. 그러다가 이처럼 좋은 쌀로 아이들에게 밥을 해 먹이면 참 좋겠다는 생각이 불현듯 들었습니다.

그 단체의 사정으로 실제 그 쌀을 후원받지는 못했지만, 덕분에 아이들을 위한 무상급식을 할 수 있다는 생각을 하게 되었고, 어린이라면 누구든지 차별받지 않고 눈치 보지 않고 밥을 먹을 수 있는 작은 식당을 차리면 참 좋겠다는 제 생각을 가족들에게 이야기했습니다.

또 일을 벌인다고 핀잔을 들을 각오를 하고 어렵게 말을 꺼냈는데, 베로니카와 모니카가 아주 좋다고 했습니다. 베로니카는 내일 당장 민들레꿈 공부방이 있는 집의 아래층 빈 가게를 얻자고 했습니다. 모니카도 어린이들을 위한 식당은 아주 멋진 생각이라고 반가워했습니다. 맞벌이하는 엄마, 아빠가 늦도록 집에 돌아오지 않아 공부방 아이들이 배고파하는 것을 자주 보았답니다.

기초생활수급자 가정이나 차상위 계층의 아이들은 그나마 도움을 받고 있기는 하지만 눈칫밥을 먹는 것 같아 안타깝다고 합니다. 아이들도 무료 급식을 받으면 가난한 집 자식이라는 꼬리표가 붙는 것처럼 되어 싫어한답니다.

민들레꿈 공부방 아이들이 공부방에 들어오면서 제일 먼저 하는 말이 "배고파요!"입니다. 소원이 무엇인지 물어보면 "밥을 배불리 먹고 잠자는 것이요"라고 대답하는 아이도 있습니다. 가장 좋아하는 음식을 물으면 "골뱅이 무침"이라고 합니다. 무료 급식권이 아빠의 술안주가 되었기 때문입니다.

다음 날 바로 민들레꿈 공부방 아래층을 얻을 수 있는지 알아보았습니다. 그런데 한 발 늦었습니다. 한 달 전에 가게 계약을 했다고 합니다. 조그만 분식점이 들어오기로 했는데 한 달이 지나도록 가게를 열 생각을 하지 않고 있다는 것입니다. 그래서 혹시 가게를 임대한 사람이 계약을 취소한다면 제가 비용을 부담하고라도 얻고 싶다고 말씀드렸습니다.

한 달이 지난 후 부동산에서 연락이 왔습니다. 가게를 임대한 사람이 분식점을 열기가 겁난다며 보증금을 돌려주고 계약을 해지했다는 것입니다. 급히 보증금을 마련해 드리고, 아래층 가게의 열쇠를 받았습니다. 그렇게 민들레꿈 어린이밥집이 문을 열게 되었습니다.

민들레꿈 어린이밥집은 아주 작은 공간입니다. 겨우 40제곱미터입니다. 그래도 2003년 만우절에 문을 열었을 때의 민들레 국수집보다는 훨

결식아동이라고 구별하고 차별하지 말아야 합니다.

오히려 극진한 배려를 받아야 합니다.

아이들이 밥을 먹는 일도 교육입니다.

너그러움과 배려로 아이들을 사람답게 길러 내고 싶습니다.

썬 큽니다. 식탁이 네 개나 들어갑니다. 식판을 기증하겠다는 분이 계셨는데, 가정에서 먹는 것처럼 하는 것이 좋다는 건축가 이일훈 선생님의 의견을 듣고 옥수수 전분으로 만든 식기를 사용하기로 했습니다.

매일 찾아오는 아이들이 많아, 민들레꿈 어린이밥집 메뉴는 하루하루 다르게 준비를 합니다. 아이들도 '오늘은 어떤 간식이 나올까?', '어떤 저녁이 나올까?' 궁금한가 봅니다. 오늘도 따뜻한 간식과 영양만점에 든든한 저녁을 맛있게 먹을 아이들을 생각하면 기분이 좋아집니다.

더는 굶는 아이들과 눈칫밥 먹는 아이들이 없었으면 좋겠습니다. 그리고 어린이는 차별을 받지 않았으면 좋겠습니다. 결식아동이라고 구별하고 차별하지 말아야 합니다. 오히려 극진한 배려를 받아야 합니다. 아이들이 밥을 먹는 일도 교육입니다. 너그러움과 배려로 아이들을 사람답게 길러 내고 싶습니다.

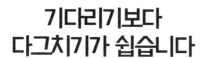

기다리기보다
다그치기가 쉽습니다

민들레 식구들이 많아지면서 바람 잘 날이 없는 것 같습니다. 가끔 평화로운 때도 있긴 합니다. 그러나 곧 이어서 여러 가지 일들이 벌어집니다. 수습이 잘되어서 한숨 돌리는 것도 잠시 또 바람이 몰아칩니다.

얼굴이 피투성이가 되어 이슬왕자가 나타났습니다. 병원에 입원시켜 달라고 했습니다. 며칠 전에 퇴원했는데 또 술 먹고 넘어진 모양입니다. 술을 먹으면 몸이 견디질 못하고, 그래서 입원을 하면 한 달도 못 견디고 퇴원해 버리고…… 얼마나 입퇴원을 반복했는지 세기도 어렵습니다. 제게 하느님이 보내 주신 선물 같습니다. '그래, 얼마나 더 참는지 두고 보자'는 듯합니다. 안타깝습니다.

얼마 전 세진 씨의 작업복을 챙겨 주면서 세상에 기적이 따로 없다고 생각했습니다. 고아원에서 자랐습니다. 가정을 꾸렸지만 이혼했습니다. 술을 마시면서 외로움을 달랬습니다. 그러다가 흘러 흘러 동인천역 근처에서 부랑인들과 어울려 술을 마시면서 세월을 보냈습니다.

다시 살아 보고 싶다고 했습니다. 열흘, 스무 날을 술을 마시지 않고 버티기도 했습니다. 막노동을 나가면서 돈을 조금 모으기도 했습니다. 그러다가 다시 술을 마십니다. 도루묵이 되었습니다.

방을 얻어 주기도 했습니다. 함께 있는 사람과 다투고 나가 버립니다. 여인숙을 얻어 드렸습니다. 여인숙 주인이 사정 사정합니다. 제발 방을 빼달라고 합니다. 결국 쫓겨났습니다. 다시 거리를 헤맵니다. 그러다가 또 도와 달라고 합니다.

언제든지 도와주겠다고 했습니다. 그러면 왜 자기만 특별히 도와주느냐고 물어봅니다. '그냥 좋아서'라고 했습니다. 고개를 갸웃거립니다. 지금까지 자기를 무조건 도와준 사람이 한 사람도 없었다고 합니다.

그렇게 몇 년이 흘렀습니다. 얼마 전에는 동인천역에서 좀 떨어진 곳에 방을 얻어 드렸습니다. 동인천역 근처는 어느 곳에서도 방을 빌려주려고 하지 않습니다. 고개를 절레절레 흔듭니다.

기다리기보다 다그치기가 훨씬 쉽습니다.
하지만 사랑으로 기다리면 작은 기적이 일어납니다.
민들레 공동체 안에서 노숙 손님들이 희망으로 되살아나는
생명의 신비를 봅니다.

그런데 놀라운 일이 벌어졌습니다. 사람이 변했습니다. 부스럼투성이의 얼굴이 말끔해졌습니다. 얼굴이 반짝반짝 윤이 납니다. 스스로 술을 마시지 않겠다고 합니다. 어느 날은 민들레 국수집에 설거지 봉사를 하겠다고 와선 스스로 앞치마를 입고 설거지를 합니다. 식사하고 나가는 손님께 잘 가시라고 인사도 합니다.

평택 어느 곳 건설 현장에 취직이 되었답니다. 필요한 물품을 챙겨 주었습니다. 보름에 한 번씩 인사하러 오겠다고 합니다. 거기서 다시 한 번 살아보겠다고 합니다. 기적입니다. 참 놀랍습니다. 기다리기보다 다그치기가 훨씬 쉽습니다. 하지만 사랑으로 기다리면 작은 기적이 일어납니다.

저는 민들레 공동체 안에서 생명의 신비를 봅니다. 밀알 하나가 땅에 떨어져 썩으면 많은 열매를 맺는다는 성경 말씀처럼 민들레 공동체 안에서 힘을 얻어 다시 희망으로 살아나는 노숙 손님들을 보면 놀라울 따름입니다.

민들레 국수집의
주방 봉사자를 소개합니다

병훈 씨는 말이 없는 사람이었습니다. 노숙을 하는 사람이 아니었습니다. 인천의 자유공원에서 조용히 지냈습니다. 민들레희망센터에 샤워하러 간혹 왔습니다. 책을 읽고 독후감 발표를 하고 그러다가 스스로 성당을 찾아가서 예비자 교리반에 들어갔습니다. 그리고 베네딕도라는 이름으로 세례를 받았습니다.

민들레 식구가 되었습니다. 민들레 식구들과도 잘 어울렸습니다. 일도 스스로 찾아서 합니다. 아주 성실하게 일을 합니다. 마침 부평에서 어느 분이 건물 관리를 맡아 줄 사람을 구하고 있었습니다. 병훈 씨라면 잘할 수 있을 것 같아서 추천했습니다. 취직이 될 것 같았습니다. 그런데 병훈 씨가 좀 더 민들레 식구로 살고 싶다고 합니다. 아직은 세상에 나가서 살 용기가 나지 않는다고 했습니다.

민들레꿈 어린이밥집에서 모니카를 도우면서 지내게 했습니다. 병훈 씨는 아이들을 좋아합니다. 아이들 간식 만드는 것을 돕기 시작하더니 요리하는 것에 재미를 붙였습니다. 스스로 요리책을 보면서 아이들이 좋아할 간식을 만들었습니다. 아이들이 맛있게 먹는 것을 보고 좋아서 또 만듭니다.

그러다 민들레 국수집에 주방 봉사자가 필요한 것을 보고는 스스로 국수집 주방에서 봉사하고 싶다고 했습니다. 민들레 국수집 주방의 힘들고 궂은 일은 병훈 씨가 거의 다 합니다. 세상에서 아등바등하면서 돈 벌 때와는 달리 너무도 행복하게 일을 합니다. 다른 사람을 돕는다는 것이 무엇인지 전에는 몰랐지만 지금은 알 것 같다고 합니다.

또 한 사람의 민들레 국수집 주방 봉사자는 문현 씨입니다. 어느 날입니다. 민들레 옷가게에 청년이 찾아왔습니다. 막노동을 나가고 싶은데 작업복과 안전화를 얻을 수 있는지 물어봅니다. 너무 힘이 없어 보입니다. 식사를 어떻게 했는지 물어봤습니다. 배고프면 국수 삶아서 먹었답니다. 집주인이 민들레 국수집을 찾아가 보라고 해서 찾아왔답니다. 5백만 원 보증금에 월세를 살았는데 월세를 못 내서 보증금도 모두 까먹었다고 합니다. 방을 비워 줘야 하는데 갈 곳이 없다고 합니다.

"작업복과 안전화는 드릴 수 있지만 지금 그 몸 상태로는 막노동을 했다간 큰일 나겠어요. 하루도 못 하고 쓰러질 텐데……. 앞으로 열흘 동안 매일 두 번은 민들레 국수집에 와서 식사하셔요."

그런 다음 열흘 후에 보자고 했습니다. 문현 씨는 열흘 동안 하루에 두 번 민들레 국수집에 와서 식사를 했습니다. 베로니카가 문현 씨의 사정을 들었습니다. 한식 요리사인데 가족들이 힘을 모아 식당을 차렸답니다. 그런데 빚만 잔뜩 지고 문을 닫을 수밖에 없었답니다. 살고 싶은 마음이 없었다고 합니다. 가족들에게 미안해서 죽고 싶었다고 합니다.

민들레 식구로 받아들였습니다. 막노동을 나가지 말고 민들레 국수집 식구로 지내면서 건강을 회복한 다음에 일자리를 찾아서 살길을 찾았으면 좋겠다고 했습니다. 그렇게 문현 씨는 민들레 식구가 되었습니다. 할 일 없이 무료하게 있는 것도 힘들다면서 민들레 국수집에 나와 조금씩 설거지도 돕고 채소도 다듬고 했습니다. 아주 아주 잘합니다.

그러다가 청소 용역업체에 취직이 되었습니다. 밤에 일합니다. 그리고 새벽까지 청소를 합니다. 쉬는 틈틈이 민들레 국수집에서 음식 만드는 것을 거들었습니다. 식당에서 일할 때는 돈 버는 것이 목적이었는데,

민들레 국수집에서 음식을 만들면 손님들이 너무도 맛있게 드시니 음식 만드는 것이 신이 난답니다. 자기가 만든 음식을 맛있게 먹는 사람을 보는 것이 이토록 행복한 줄 몰랐다고 합니다.

그런데 함께 일하던 동료가 구청에 민원을 넣었습니다. 낮에는 쉬어야 하는데 낮 동안 쉬지도 않고 민들레 국수집에서 일하는 것을 보았다고 했습니다. 두 차례나 민원을 넣는 바람에 해고되었습니다. 취직할 때 밤에 일을 잘하기 위해서 낮 동안 다른 직업을 가지면 안 된다는 규정이 있었는데, 그걸 어겼다는 것입니다.

그렇게 병훈 씨, 문현 씨는 민들레 국수집의 주방 봉사자가 되었습니다. 돈을 버는 것보다 자신이 만든 음식을 맛있게 먹어 주는 국수집 손님들을 위해서 일하는 것이 더 좋다고 합니다. 갈비탕, 해장국, 선짓국, 육개장, 잡채, 나물, 불고기 등등 손만 대면 맛있는 음식을 뚝딱 만들어 냅니다. 그리고 남김없이 맛있게 먹는 손님들이 좋다고 합니다.

멀리서 온 우리 손님이 식사를 마치고 민들레 국수집 문을 나서면서 혼잣말을 중얼거립니다.

"정말 맛있게 먹었다!"

병원 가는 것이
소원인 사람들

거리에서 생활하는 우리 손님들의 소원은 병원에서 의사 선생님 진찰이라도 한번 받아 보는 것, 파스 한 장 얻어서 아픈 데 붙이는 것입니다. 민들레희망지원센터를 준비하고 또 문을 열었을 때 우리 VIP 손님들의 하소연을 듣고는, 이분들에게 병원은 그림의 떡과 같구나 하고 느꼈습니다. 그때 인하대 병원의 조순구 교수님에게 전화가 왔습니다.

교수님을 민들레 국수집에서 만났고, 민들레희망지원센터에서 진료를 할 수 있는지 보여 드렸습니다. 아주 좋다고 하셨습니다. 곧바로 민들레 진료소를 열어서 우리 손님들을 보살펴도 괜찮은지 인천시 중구 보건소에 허락을 청했고, 얼마 후 정식으로 공문이 와서 민들레 진료소를 시작할 수 있었습니다.

민들레 진료소 자원봉사팀을 꾸리는 데 진료소장이신 조순구 교수님을 비롯해 김형길, 송준호, 정준호, 권대규, 변지원 교수님과 여러 간호사, 약사 선생님들이 도와주셨습니다. 그리고 베로니카와 민들레 식구들이 물심양면으로 진료소 일을 거들었습니다.

그렇게 문을 연 민들레 진료소가 벌써 5주년을 맞았습니다. 민들레 진료소는 한 달에 두 번 엽니다. 또 세 달에 한 번은 인천결핵협회에서 차량이 나와서 우리 VIP 손님들께 엑스레이를 찍어 줍니다.

우리 손님들은 거칠고 힘든 노숙생활로 참 아픈 곳도 많습니다. 특히 치아가 가장 먼저 상합니다. 사과치과 조동석 원장 선생님께서 한 달에 한 번 우리 손님들의 치과 주치의로 와주기로 하셨습니다. 그리고 틀니를 할 수 있도록 참으로 지원을 많이 해주셨습니다. 베로니카도 남몰래 현금 지원을 많이 했습니다.

민들레 진료소를 열면서도 실은 고민이 많았습니다. '진료소를 시작하면 분명 큰 병을 앓고 있는 사람이 나올 텐데 알면서도 모른 척할 자신이 있는가?'였습니다. 우리 손님들은 거의 대부분 건강보험도 되지 않고, 주거지가 없어서 의료 보호를 받을 길도 없습니다.

거리에서 생활하는 우리 손님들의 소원은
병원에서 의사 선생님 진찰이라도 한번 받아 보는 것,
파스 한 장 얻어서 아픈 데 붙이는 것입니다.

결핵협회 차량이 나와서 엑스레이를 찍고 판독해서 알려 준다고 해도 어떻게 노숙하는 이분들을 도와줄 수 있을지 고민이었습니다. 보건소에서 결핵 약은 무상으로 준다고 하지만 노숙하면서 제대로 먹지도 못하고 잠도 못 자는 우리 손님에게 결핵 약을 준다 한들 어떻게 할 수 있을까, 고민하고 또 고민했습니다.

실제로 몇 명의 손님이 결핵 판정을 받았습니다. 베로니카와 어떻게 하면 좋을지 상의를 했습니다. 여인숙 방을 6개월간 얻어 주고, 식사는 민들레 국수집에서 하고, 독후감 발표를 하게 해서 독서 장려금을 받게 하고, 최소한의 용돈을 주면서 결핵 약을 복용하게 하기로 했습니다. 그렇게 6개월간 도와드리면 결핵에서 해방되곤 했습니다.

누군가 나의 말을
들어 준다는 것

가난한 사람, 소외된 사람들의 특징은 억압에 짓눌려 말을 못합니다. 어찌 보면 말할 기회를 박탈당했습니다. 교도소를 찾아가서 갇힌 형제들을 만나 보면서 많이 느꼈습니다. 그래서 갇힌 형제들과 소모임을 할 때마다 그들에게 말할 기회를 주었습니다. 자신을 표현하고 드러낼 수 있도록 도와주었습니다. 그러면서 스스로 변화되기 시작하는 것을 보았습니다.

처음 민들레희망지원센터를 시작할 때 우리 손님들이 스스로 살아갈 힘을 가질 수 있도록 작은 도서관을 마련했습니다. 그런데 삶이 너무 각

박해서인지 책을 읽으려는 마음들이 없었습니다. 그래서 노숙 손님들에게 제일 필요한 돈을 드리기로 했습니다. 책을 읽고 간단하게 소감을 글로 써서 발표하면 3천 원씩 드렸습니다.

베로니카가 독후감 발표를 맡아서 우리 손님들의 이야기를 전부 지칠 줄 모르고 들어 주었습니다. 처음에는 돈 욕심에 시작한 독후감 발표가 얼마 지나지 않아서 손님들을 놀랍도록 변화하게 했습니다. 스스로 자기 말을 합니다. 어느 날 스스로 취직도 하고 노숙에서 벗어납니다.

말을 들어 주면 우리 손님들은 신이 납니다. 그간 누구도 자기 말을 들은 체도 안 했는데 말입니다. 그렇게 독후감 발표와 인문학 강의가 시작되었습니다.

민제 씨는 나이가 마흔여덟입니다. 이혼한 지 10년이 넘었고, 노숙 생활을 12년째 하고 있습니다. 아침 일찍 전철에서 신문을 줍는 일을 합니다. 하루에 육칠천 원 정도 벌이입니다. 밥은 어떻게든 먹겠는데 잠을 자는 것이 제일 힘들다고 합니다. 정말 죽지 못해서 산다고 합니다. 쪽방이라도 구하려고 돈을 모아 보지만 하늘의 별을 따는 것보다 어렵습니다. 발버둥을 치다가 아예 포기해 버렸다고 합니다. 그런데 눈빛이 밝아졌습니다. 책을 읽고 독후감을 발표하는 모임에 나오면서부터입니다.

노숙하는 우리 손님들은 거의 혼자 우두커니 있습니다. 외톨이로 있

우리 손님들이 책을 읽고 말을 하면서 변하기 시작했습니다.
혼자만의 삶에서 이웃과 더불어 사는 것을 배우기 시작했습니다.
이제는 외롭고 힘들어도 살아갈 희망을 가집니다.

는 것이 버릇처럼 되었습니다. 세상에 아무도 없다고 생각합니다. 멍하니 있으면서도 책을 읽을 생각조차 못 합니다. 그런데 요즘은 책을 읽는 분이 많습니다. 독서 장려금 3천 원 때문입니다.

책 읽는 것이 어려운 분은 만화책을 봐도 괜찮습니다. 시를 한 편 외워도 3천 원을 드립니다. 서툴지만 우리 손님들이 책을 읽고 말을 하면서 변하기 시작했습니다. 혼자만의 삶에서 이웃과 더불어 사는 것을 배우기 시작했습니다.

세상 사람들이 쳐다보지도 않는다며 소외감에 몸서리치던 우리 손님들이 센터에서 이웃을 만나면서 더는 나 혼자가 아니라는 것, 이웃도 있다는 것을 체험합니다. 이제는 외롭고 힘들어도 살아갈 희망을 가집니다. 하늘의 별만큼, 바다의 모래알만큼 많은 사람들이 나와 관계없는 사람이 아니라 바로 나의 형제자매라는 것을 알게 되었기에 그렇습니다.

새 민들레
식구 초대하기

제가 대구를 다녀오느라 베로니카가 국수집에서 손님들 대접을 한 날이 있었습니다. 그런데 아주 심각한 몰골의 손님이 오셨답니다. 봉두난발에 오물이 온통 묻어 있는 분이 왔기에 식사하게 한 후 씻기고 옷 갈아입히고 찜질방에서 쉬게 했다는 것입니다. 베로니카는 정말 천사입니다.

다음 날 제가 만났습니다. 명구 씨라고 합니다. 나이는 마흔일곱인데 혼자라고 합니다. 노숙을 오래 했습니다. 제대로 걷지도 못합니다. 어떤 사람이 충청도에서 노숙을 하는 것이 편안하다고 해서 따라갔다가 2년 동안 고생만 실컷 했답니다. 알코올 중독은 아닌 것 같습니다. 채무 관계는 없고요.

도와드려야 하는데 뾰족한 방법이 없습니다. 바로 얼마 전에 새 민들레 식구를 세 분이나 받아들였기 때문입니다. 고민하다가 페이스북에 사연을 올렸습니다. 좀 도와주십사 청했습니다. 곧바로 연락이 왔습니다. 필요한 금액이 얼만지 물어봅니다. 쪽방 한 달 방세 20만 원과 주민등록을 살리려면 과태료 10여 만 원 해서 30만 원이 필요하다고 했습니다. 고마운 분께서 곧바로 입금을 해주셨습니다.

먼저 서산여인숙에 방을 얻었습니다. 명구 씨가 다리가 불편해서 1층으로 겨우 구했습니다. 말소된 주민등록을 살리고 기초생활수급 신청을 해야 하기 때문입니다. 방을 구한 다음에 사진을 찍고 주민센터에 가서 과태료를 내고 주민등록을 하고 주민등록증을 재발급받았습니다.

마침 다음 날이 민들레 진료소가 열리는 날이었고, 결핵협회 엑스레이 차량이 오는 날이었습니다. 명구 씨도 엑스레이를 찍고 또 의사 선생님께 진찰을 받았습니다. 엑스레이 촬영 결과 아주 심각한 결핵인 것 같다며, 보건소에 모시고 가서 정밀 진찰을 받아 보라고 했습니다.

보건소에 가서 진찰을 받은 다음 날 보건소에서 명구 씨를 급히 찾았습니다. 보건소 직원들이 마스크를 하는 등 완전무장을 했습니다. 인천의료원에 가서 다시 진찰을 받았습니다. 며칠 후 내성이 생긴 결핵이라서 격리 치료를 해야 한다고 했습니다. 인천의료원에 입원해 세면도구와 속옷을 챙겨 보냈습니다. 면회도 금지라고 합니다. 의사 선생님이 우리에게 고맙다고 했습니다.

참으로 다행스럽습니다. 결핵인데 노숙을 하면 주변으로 옮길 우려가 큽니다. 다행히 잘 먹고 잘 쉬고 약을 잘 먹으면, 여섯 달 치료하면 완쾌될 수 있습니다. 아주 다행입니다.

민들레, 바람 타고 온 마을에 활짝 피었네

모든 게 공짜인
가게를 아시나요

오늘도 쇼윈도에 진열된 물건을 보고는 몇 분이나 들어와 물었습니다.

"이거 얼마예요?"

"여기 진열된 물건은 파는 물건이 아닙니다. 어려운 분들께 나눠 드릴 거예요."

민들레 가게의 풍경입니다. 외양은 옷가게지만 옷을 팔지는 않습니다. 선물로 드리지요.

2003년 4월 1일부터 민들레 VIP 손님들께 계절에 맞추어 옷을 나눠 드렸습니다. 그런데 매년 계절 따라 옷을 보관하는 데 어려움이 많았습니다. 제대로 손질이 안 된 옷은 선물해도 고마워하지 않는 것 같았습니다.

2010년 12월, 민들레 가게가 탄생했습니다. 민들레 국수집에서 식사를 마친 손님들께 옷과 필요한 물품을 선물하고 있습니다.

민들레 가게는 민들레 국수집과 같이 토요일부터 수요일까지 5일간 문을 열고 회원제로 운영됩니다. 2016년 1월 현재 민들레 가게 회원은 3,206명이며, 하루 30~100명 정도의 민들레 국수집 손님들과 동네의 가난한 할아버지, 할머니들이 필요한 물품을 받으러 오십니다.

면티, 추리닝, 남방, 반팔 티, 조끼, 작업복, 면바지, 청바지, 모자, 배낭, 양말, 슬리퍼, 운동화, 안전화, 침낭, 팬티, 러닝, 벨트, 면도기, 수건, 비누, 샴푸, 칫솔, 치약 등을 지원합니다. 허리나 다리, 온몸이 아픈 손님들께는 한방파스도 지원합니다. 틀니를 하신 손님들께는 틀니 세정제와 잇몸 치료약을 드립니다.

일하러 나갈 손님들께는 필요한 작업복과 안전화, 차비 등을 지원하며 면접을 보러 가는 손님들께 이력서 쓰는 법과 면접 잘 보는 요령을 알려 주고, 양복과 구두를 지원하기도 합니다.

10월만 되어도 민들레 가게는 겨울 모드로 바뀝니다. 민들레 가게에 손님들이 줄지어 몰려들고, 한겨울에나 입을 옷을 찾기 시작합니다.

민들레, 바람 타고 온 마을에 활짝 피었네

민들레 가게는 외양은 옷가게지만, 옷을 팔지는 않습니다.
선물로 드리지요.
모든 물건을 가난한 이웃들에게 선물로 드리는 민들레 가게는
세상 모든 아픔과 고통을 사랑으로 어루만져 줍니다.

"밤에 너무 추워서 얼어 죽을 뻔했어요!"

밤에 바깥에서 자는 우리 손님들은 두꺼운 옷이 필요합니다. 낮에는 벗어서 들고 다니다가 밤에 이불 대신 입고 잔다고 합니다. 침낭이 있으면 좋지만 몇 개 정도뿐입니다.

몇몇 손님은 반바지와 반팔 티를 입고 발가락에 끼어 신는 슬리퍼를 신고 한여름 옷차림으로 벌벌 떨면서 국수집을 찾아왔습니다. 서둘러 식사를 하게 한 후에 민들레 가게로 가서 옷을 갈아입혀 드렸습니다. 고마워서 어쩔 줄 모릅니다. 며칠 새에 그 많던 겨울 점퍼가 다 없어졌습니다.

민들레 가게의 물품들은 착한 분들의 후원을 받기도 하지만, 가방이나 신발, 허리띠 등은 보내 주시는 경우가 거의 없어 베로니카가 직접 구입합니다. 후원받은 헌 옷들은 깨끗이 세탁하고 다려서 새 옷처럼 말끔히 해서 손님들에게 드립니다. 손님들이 가장 많이 찾으시는 물건이 양말과 팬티인데, 이것들은 모두 새것으로 준비합니다.

민들레 가게 덕분에 국수집에 오시는 손님들이 얼마나 말쑥해졌는지 모릅니다. 모든 물건을 선물로 드리는 민들레 가게는 세상 모든 아픔과 고통을 사랑으로 어루만져 줍니다. 가난한 이웃들의 따뜻한 고향집입니다. 사랑하는 것은 참으로 좋은 일입니다.

민들레, 바람 타고 온 마을에 활짝 피었네

81

셋방살이의
서러움

노모와 함께 부평역 근처에서 노숙하던 사십 대 중반의 아들이 어머니를 모시고 민들레 국수집에 식사하러 왔다가 저한테 혼이 났습니다.

"세상에 늙으신 어머니까지 이런 곳에 모시고 와서 밥을 드시게 하다니…… . 나쁜 놈."

상돈 씨가 눈물을 흘리며 말했습니다. 보증을 잘못 서서 하루아침에 거리로 나앉은 후 부평역 근처에서 어머니와 노숙을 해왔다고 합니다. 어머니만이라도 찜질방에서 주무시게 하려고 하루 온종일 종이 상자를 줍고 고물을 주워도 찜질방비 3천 원을 벌기가 어려웠답니다. 3천 원이라도 마련되는 날이면 어머니를 찜질방에 모셔 놓고 자기는 부평역 지하도에서 잤다고 합니다.

밥은 경로식당에 모시고 가서 드시게 했는데, 주민등록증이 없어 부평구 사람임을 증명할 길이 없어서 밥도 못 먹게 되었답니다. 예전에 너무도 배가 고파서 부평역전의 어느 순댓국밥 집에서 순댓국을 시켜 먹었는데 돈이 없어서 어머니와 자기 주민등록증을 맡기고서야 풀려났다고 합니다. 그 후 주민등록증 없이 산 것입니다.

민들레 국수집에서는 그냥 밥을 준다고 해서 물어 물어 거의 세 시간이나 화수동을 헤매다가 찾아왔다고 합니다. 며칠을 두고 보다가 겨우방 한 칸을 세 얻었습니다. 보증금 50만 원에 월 10만 원의 단칸방입니다. 어머니와 함께 이삿짐이라고 들고 온 것은 검은 비닐봉지에 담긴 물건 두 개뿐입니다. 최소한의 살림살이를 마련해 주었습니다.

월세 10만 원씩 석 달치는 어느 사회복지단체에서 지원해 주기로 했습니다. 아들에게 혹시 집세를 내기가 어려우면 미리 이야기해 달라고했습니다. 방세를 제대로 내지 않으면 다음에 집 얻기가 어려워지기 때문입니다.

그러고 나서 다섯 달이 지났습니다. 석 달의 집세는 사회복지단체에서 내주었고, 그 후에 달마다 집세 낼 즈음에 아들에게 물어보면 잘 내고 있다고 했습니다. 그런데 집주인으로부터 전화가 왔습니다. 두 달 전부터 집세가 안 들어온다고 합니다. 알아보았습니다. 밀렸는데 곧 갚겠다고 합니다.

그렇게 또 두 달이 지나고, 집주인이 당장 방을 비워 달라고 했습니다. 방세를 내지 않았으니 방 보증금에서 제하겠다고 했습니다. 다섯 달이나 방세를 못 낸 것입니다. 기가 막혀서 아들에게 가보았습니다. 누워 있습니다. 몸이 아파서 일을 못 다녔다고 합니다. 처음 취직해서 월급을 받는 날 빚쟁이가 찾아와서 다 빼앗아 갔답니다. 나한테 너무 미안해 방세를 못 냈는데도 냈다고 했답니다. 말을 잇지 못합니다.

마침 동네에 보증금 없이 방 한 칸에 부엌이 따로 떨어져 있는 방이 나와 있었습니다. 부엌이 방에 안 붙어 있다는 게 걸렸지만 보증금이 없다는 점 때문에 서둘러 이사를 시켰습니다. 방세 10만 원을 내지 못하면 대신 내어 주었습니다.

그런데 주인집에서 전기세와 수도세를 너무 많이 받는다고 했습니다. 많을 때는 4만 원에서 4만 5천 원을 냈다고 합니다. 전기, 수도 사용료가 방세의 40~45퍼센트라니 참 너무합니다. 그래도 어쩔 수 없습니다.

그나마 지난해에는 할머니가 동네의 희망일자리를 구해서 방세를 해결했는데, 이제는 그나마도 할 수 없다고 합니다. 지난달에도 할머니가 아주 미안한 듯 방세를 마련 못 했다고 하셔서 대신 내어 드렸습니다. 며칠 전에도 할머니가 찾아와 차마 떨어지지 않는 입으로 전기세, 수도세를 내고 나니 방세를 마련할 길이 없다고 하시기에 대신 내드렸습니다.

하루는 할머니가 하소연을 했습니다. 주인집에서 낮에는 움직이지도 못하게 한다고 합니다. 주인집 아들이 PC방을 운영하는데 새벽에 일을 마치고 들어와 낮 동안 잠을 잔답니다. 새벽에 요란하게 문 열고 들어와 요란스레 씻는 통에 잠을 설치기 일쑤이고, 낮에는 조금만 소리를 내도 주인 할머니가 시끄럽다고 난리랍니다. 셋방살이의 서러움을 온몸으로 겪고 계신 것입니다.

마침 고마운 분께서 전화를 주셨습니다. 우선 50만 원을 보내고, 매달 10만 원씩 후원하겠다고 합니다. 그래서 100만 원이 모아지면 어려운 분들을 위해 방을 하나 얻어 도와주라고 합니다. 그리고 매달 보내는 10만 원으로 방세도 내어 주면 고맙겠다고 했습니다.

전화를 받자마자 주인에게 서러움 받지 않고 셋방살이를 할 수 있도록 할머니께 조그만 독채 하나 얻어 드리자 마음먹었습니다. 부동산에 연락해 보니 마침 독채로 방 한 칸이 있는 집이 있다고 했습니다. 기름보일러이고 재래식 화장실인데 따로 떨어져 있다고 합니다. 서둘러 함께 가보았습니다. 넓은 방 한 칸, 부엌에 다락방도 있습니다.

민들레, 바람 타고 온 마을에 활짝 피었네

즉시 계약을 했습니다. 보증금 100만 원에 월 10만 원 선불입니다. 재개발될 때까지 살게 해주겠다고 약속을 받았습니다. 할머니께 집을 보여드렸더니, 뛸 듯이 좋아합니다. 내일 당장 이사하시라고 했습니다. "방세를 그제 냈는데" 하며 방세가 아까워 어쩔 줄 모르십니다.

이사를 했습니다. 가난한 이삿짐은 옮길 것도 거의 없습니다. 몇 번 손에 들고 나르니 이사가 끝났습니다. LPG 가스를 연결해야 하는데, 수중에 돈이 한 푼도 없다고 해서 10만 원을 드렸습니다.

가난한 사람이 다시 일어나기가 참으로 어렵습니다. 그래도 셋방살이의 서러움을 면해서 다행입니다.

민들레꿈 공부방,
새 보금자리로 옮기다

2008년 4월 가난한 아이들에게 꿈을 심어 주기 위해서 민들레꿈 공부방을 열었습니다. 처음에는 공부방 아이들이 두셋뿐이었습니다. 어느새 8년째입니다. 이제는 공부방 아이들이 70여 명이나 됩니다. 민들레책들레 어린이도서관도 열었습니다. 책을 보러 오는 아이들이 점점 늘어납니다. 백 명이 넘는 아이들 천국이 되었습니다.

첫 번째 집은 너무 허름한 집이었는데 비가 새고 전기 누전 위험이 컸습니다. 그래서 두 번째 집으로 옮겼습니다. 두 번째 집은 가파른 계단을 딛고 조심조심해서 3층까지 올라가야 합니다.

민들레, 바람 타고 온 마을에 활짝 피었네

우리 아이들은 그래도 좋다고 했습니다. 지옥을 통해서 천국으로 들어간다고 표현했습니다. 계단을 내려올 때마다 얼마나 아이들이 조심조심 내려오는지 사고도 없었습니다. 그러다 한번은 여섯 살 꼬마 아이가 굴러떨어졌는데 희한하게도 하나도 다치지 않았습니다. 그 꼬마 아이가 벌써 초등학교 6학년이랍니다.

너무도 가파른 계단 때문에 항상 남모를 걱정을 가슴에 품고 살았습니다. 초등학생 어린아이들이 오르내리기에는 너무 아슬아슬했습니다. 좀 더 좋은 환경을 만들어 주고 싶었습니다. 민들레 국수집 12주년을 맞아 베로니카가 큰마음으로 세 번째 아이들 보금자리를 만들었습니다. 민들레꿈 어린이밥집 건너편 건물 1층에 세를 얻어 공부방을 옮기기로 한 것이지요.

인테리어 하는 곳에 맡기려니 돈이 너무 모자랐습니다. 많은 분들의 도움을 받아 직접 리모델링을 하기로 했습니다. 유석현 님이 바쁜 틈틈이 찾아와 여러 가지 일을 도와주셨고, 경북 의성여고 기숙사 선생님의 후원으로 유리문을 설치했습니다. 사단법인 은빛날개에서도 페인트와 도배 그리고 책상과 책꽂이 등 도움을 주셨습니다. 루체전기의 요한보스코 형제님이 전기 시설을 후원해 주셨고, 성심여고 가톨릭 동아리에서는 다섯 번째로 열리는 아이들 그림 전시회 준비를 도와주셨습니다.

아이들과 함께 7년을 지내면서 배꼽 빠지게 서로 웃었던 일들, 재미있게 놀러 갔다 온 곳들, 아이들 가정 일 때문에 속상했던 일들도 떠오릅니다. 민들레꿈 아이들에게 더 많은 사랑과 관심을 주어야겠다고 다짐합니다.

공부방에 오던 아이들 중에는 중학생이 된 친구도 있고, 이사를 간 친구도 있고, 또 학원에 가게 된 친구, 그러면서 새로이 오는 아이들도 있습니다. 궁금한 것도 많고, 뛰어놀고 싶고, 먹고 싶은 것도, 가보고 싶은 곳도 많은 아이들을 보면서 또다시 민들레 꿈을 꿉니다.

오는 2월 11일부터 민들레꿈 공부방이 있는 건물 리모델링을 시작합니다. 앞 건물에 있던 어린이밥집과 어린이도서관을 이곳으로 옮길 예정입니다. 건물이 낡아 비가 새는 데다 매년 오르는 월세를 감당할 수 없어, 베로니카가 큰 결심을 한 것입니다.

이번에도 인테리어업자의 도움 없이 직영으로 수리를 하기로 했습니다. 예수살이 공동체 청년단 소속의 최영록, 최명식 님이 건축 설계와 인테리어 재능기부를 해주기로 했습니다. 낡은 3층 건물이 따뜻한 봄이 되면 민들레꿈 어린이공동체로 새롭게 태어날 것입니다.

민들레, 바람 타고 온 마을에 활짝 피었네

착한 끝은
있다

민들레 국수집을 찾아오는 손님들은 계란 프라이를 좋아합니다. 반찬이 좀 모자란다 싶을 때는 계란 프라이를 합니다. 그러면서 식사하고 있는 손님들께 주문을 받습니다. 계란 프라이를 드실 분은 손을 들라고 합니다. 거의 전부 손을 듭니다. 계란 프라이 하나에 5백 원이라고 하면 대부분 슬그머니 손을 내립니다. 주머니에 돈이 한 푼도 없기 때문입니다. 어떤 손님은 외상으로 줄 수 없느냐고 물어봅니다.

외상 사절입니다. 그냥 드립니다.

"계란 프라이 몇 개 드릴까요?"

"하나만 주세요."

대부분의 손님들은 하나만 달라고 합니다. 두 개를 드리면 참 행복해합니다.

욕심 없는 우리 손님들이 좀 더 욕심을 버려도 되는 그런 착한 세상이면 참 좋겠습니다. 그러면 계란 프라이 하나에도 기쁨을 누릴 수 있기 때문입니다. 양말 한 켤레에도 행복해질 수 있기 때문입니다.

우리 손님 한 분이 검은 비닐봉투를 들고 주변의 쓰레기를 줍고 있습니다. 동네 어르신께서 지나가시다 보곤 "참 착하다" 합니다. 재균 씨입니다. 부평에서 혼자 삽니다. 전단지를 돌리는 일을 합니다. 하루에 두 번은 와서 식사해야 한다니까 한 번도 고맙다고 합니다. 더 배고픈 사람이 먹어야 한답니다. 며칠 전에는 반찬 사는 데 보태라면서 2천 원을 내어놓기도 했습니다. 지난 설에는 참기름 선물꾸러미를 가져오기도 했습니다.

착한 끝은 있는 모양입니다. 어느 날 재균 씨가 말끔한 옷차림으로 국수집에 왔습니다. 취직이 되었답니다. 전에 일하던 곳 옆 공장의 공장장님을 길에서 우연히 만났답니다. 전단지를 들고 있는 것을 보시고 당신 공장으로 오라고 했다는 것입니다.

인정머리 없는 세상에 착하게 살려고 애쓰는 사람이 참으로 드뭅니

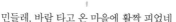

민들레, 바람 타고 온 마을에 활짝 피었네

다. 가진 것을 다 잃어버리고 노숙을 하는 사람이 남을 먼저 생각하고 배려한다는 것은 쉬운 일이 아닙니다.

강화가 고향인 우리 손님 한 분은 소원이 있습니다. 돈을 모아서 방을 한 칸 얻는 것입니다. 그래서 막노동을 열심히 다니려고 합니다. 비 오는 어느 날 아침에 강화 손님이 왔습니다. 밥을 담으면서 비 오는 것을 원망합니다. 일해서 돈을 모아야 하는데 비가 와서 하루를 공치게 되었답니다.

방을 한 칸 얻으려면 얼마를 모으면 되는지 물어봤습니다. 100만 원은 있어야 하는데 이제 겨우 40만 원 모았답니다. 방 한 칸 얻을 수 있는 쉬운 방법을 가르쳐 주었습니다. 지금껏 모은 40만 원을 더 어려운 사람에게 나눠 주면 된다고 했더니 저를 한심한 듯 바라봅니다. 그리고 아무 말도 하지 않고 밥을 먹습니다.

얼마 후에 강화 손님이 민들레 국수집에 나타났습니다. 행색은 그대로입니다. 아니, 더 꾀죄죄해졌습니다.

"손님, 이제 얼마나 모았어요?"

한 푼도 없다고 합니다. 그러면서 씩씩거립니다. 공원에서 자고 일어났더니 가방이 없어졌답니다. 모은 돈도 다 잃어버렸답니다. 이젠 일도 하기 싫다고 합니다.

"계란 프라이 몇 개 드릴까요?"
욕심이 없는 우리 손님들은 하나만 달라고 합니다.
두 개를 드리면 참 행복해합니다.

민들레희망센터에서 독후감 발표 때 쓰는 공책 한 권을 전부 채우면 우리 손님들에게 새 공책을 드리는데, 그때마다 소원을 하나씩 들어드립니다.

다행스럽게도 우리 손님들은 집을 사달라거나, 승용차를 사달라고 하지 않습니다. 운동화 한 켤레, 장갑 또는 점퍼나 추리닝을 원합니다. 비싼 것을 원하지 않습니다. 아주 작은 것에 행복을 느낍니다. 많이 가지려고 아등바등하지도 않습니다. 그러면서 서서히 이웃과 나눌 여유도 가지게 됩니다.

착한 끝이 있다는 것을 체험으로 느끼기 시작합니다.

나를 울린
사람들

5년 전 어느 날 점심 무렵이었습니다. 말끔하게 차려입은 신사가 민들레 국수집에 들어섰습니다. 깜짝 놀랐습니다. 제 눈을 비볐습니다. 잘못 보지 않았나 싶었습니다. 면도를 말끔히 한 신사는 분명 우리 VIP 손님인 대영 씨였습니다. 박카스 한 통을 선물로 가지고 왔습니다. 깔끔한 모습 어느 곳에도 노숙을 오래 했다는 흔적을 찾을 수 없습니다.

녹차를 대접하면서 놀라운 이야기를 들었습니다. 죽어도 집으로 돌아가지 않겠다고 다짐하고 살았다고 합니다. 그런데 국수집에서 사람대접을 받으면서 마음이 풀어졌다고 합니다. 서울에 결혼식이 있어서 왔다가

민들레, 바람 타고 온 마을에 활짝 피었네

인사드리고 대전 집으로 내려가려고 찾아왔다고 합니다. 세상에 어떻게 이런 일이 생길 수 있는지 그저 놀랍습니다. 몇 번을 악수를 했습니다.

대영 씨는 민들레 국수집을 시작할 때부터의 손님입니다. 동인천역 주변에서 노숙을 했습니다. 다른 노숙 손님들과는 거의 어울리지 않았습니다. 수염을 텁수룩하게 길렀습니다. 국수집 문을 여는 토요일에는 일찍 와서 놀라울 정도로 많은 양의 밥을 먹었습니다. 목요일과 금요일은 거의 굶다시피 했기 때문입니다. 민들레 국수집 주변에 경로식당이 있어도 가질 않았습니다. 너무 배가 고파서 한번 갔다가 욕을 많이 먹었다고 합니다.

대영 씨는 책 읽는 것을 좋아했습니다. 그래서 근처의 도서관에서 구박도 많이 받았습니다. 냄새가 난다고 다른 사람들이 항의를 해서, 도서관 직원이 민들레 국수집을 찾아오기까지 했습니다. 그래서 갈아입을 옷을 나눠 드리곤 했지요.

그는 민들레 국수집이 바쁘면 식사하러 왔다가 앞치마 입고 설거지도 거들어 주었습니다. 그러다 전화가 왔습니다.

"저, 대영인데요. 대전 집으로 들어왔습니다. 걱정하실까 봐 전화 드립니다. 그동안 감사했습니다."

오랜 민들레 식구였던 병재 씨도 가족들 품으로 돌아갔습니다. 병재 씨는 IMF 때부터 노숙을 했습니다. 부인과 이혼하고 어린 딸과도 헤어졌습니다. 그러면서 거리를 헤매었습니다. 배가 고파 죽을 뻔했답니다. 밥 사주고 술 사주겠다는 사람에게 속아서 신용 불량자까지 되었습니다. 양계장에서도 일했고 농장에서도 일해 봤습니다. 바닷가에서도 일해 봤습니다. 돈을 벌기는커녕 몸만 상했습니다. 당뇨까지 생겼습니다. 치아도 빠졌습니다. 그렇게 십여 년을 보냈답니다.

그러다가 우연히 민들레 국수집에 식사하러 왔고, 2011년에 민들레 식구가 되었습니다. 당뇨 치료를 받았습니다. 틀니도 해 넣었습니다. 서서히 표정이 밝아졌습니다. 웃기도 하고 식구들과도 잘 어울렸습니다. 조금씩 생기는 용돈을 모았습니다. 보고 싶었던 딸을 찾아가서 모은 용돈을 주고 선물도 사주었습니다. 그렇게 가족들과 다시 만났습니다.

집 떠난 지 16년 만에 병재 씨는 집으로 돌아갔습니다. 2014년 10월의 일입니다. 병재 씨가 가족들 품으로 돌아간다는 소식을 들으신 사과치과 원장님께서 병재 씨에게 새 틀니를 해주셨습니다. 새 틀니가 만들어지는 동안, 병재 씨는 이가 빠진 모습으로도 싱글벙글이었습니다. 이제는 죽어도 가족 곁을 떠나지 않을 거라고 합니다.

2005년 5월에 민들레 식구가 되었던 상호 씨는 드디어 취직을 했습니다. 8년 만에 직장을 얻어 그 근처로 이사를 나갔습니다. 오래 기다리면 이런 좋은 일도 생깁니다.

이곳은 가난하고 소외된 세상의 변방입니다. 골목은 쓰레기와 폐수로 길인지 하수도인지 모를 정도로 질척거리고, 집들은 판잣집보다 더 열악합니다. 배고픈 사람들이 너무 많습니다. 이곳에서는 굶기를 밥 먹듯 한다는 말이 무슨 말인지 금방 알 수 있습니다. 새로운 VIP를 찾아 민들레처럼 저는 변방으로 갑니다. 아주 낮은 곳에서 겨자씨처럼 시작할 것입니다.

02

필리핀으로 간
민들레 국수집

새로운
꿈을 꾸다

필리핀의 수도인 메트로 마닐라는 17개의 도시로 구성되어 있습니다. 메트로 마닐라는 전체 인구의 70퍼센트 이상이 빈민입니다. 부모들의 한 달 벌이가 대략 3천~1만 페소 정도입니다. 1페소가 25원 정도이니, 이 돈으로는 밥만 먹고 살기도 벅찹니다.

필리핀의 특성상 한 가정에 많게는 열다섯 명에서 적게는 대여섯 명의 자녀가 있는 것이 보통입니다. 퀘존 시티의 파야타스 쓰레기 처리장 마을 아이들에게 장학금을 지원할 때, 가족 수가 열일곱 명인 집도 보았습니다. 열대여섯 살에 결혼해 아이를 낳기 시작하는 경우가 많습니다.

학교를 다니기 어려웠으니 교육 수준이 낮을 수밖에 없고, 설상가상 직업마저 좋지 않습니다. 그러니 대부분 지독한 가난에 시달리고 있습니다. 편부모 자녀도 많습니다.

필리핀에서는 초등학교와 고등학교는 전 과정이 무상 교육입니다. 국공립대학인 경우 통상 한 학기 학비가 약 14만 원 정도라고 합니다. 그렇지만 가구당 하루 100페소(2,500원)로 연명해야 하는 극빈층 사람들은 학용품도, 교통비와 간식비도 댈 수 없는 형편입니다.

필리핀은 더운 나라여서 아침 일찍 학교에 갑니다. 그래서 오전 10시쯤 모든 학교와 관공서, 회사에는 간식 시간이 있습니다. '바혼'이라고 하는데 이 시간에는 각자가 준비한 간식을 먹습니다. 돈이 없어서 간식을 준비해 가지 못하면 많이 창피하다고 합니다. 그런 일이 계속되면 아이들은 학교를 안 가려고 하게 되고, 결국 거리를 헤매게 됩니다.

아이들의 경우 한 달에 5백~1천 페소 정도의 용돈이 필요합니다. 필리핀은 학용품도 꽤나 비싼 편입니다. 국내에서 만들지 못하기 때문입니다. 그러니 수입품이 많습니다. 많은 자녀를 두고 있는 필리핀 도시빈민 가정에서 자녀를 모두 학교에 보낸다는 것은 어쩌면 불가능한 일일지도 모릅니다. 하지만 그중 한 아이만이라도 대학을 졸업해서 취직하면 그 가정은 절대 빈곤에서 벗어날 수 있습니다.

한국에 와서도 필리핀 아이들의 모습이 자꾸 눈에 아른거렸습니다.
우리나라가 아니라고, 멀리 떨어져 있다고
못 본 척하기가 힘이 들었습니다.
그곳에서 아이들을 돌보고 싶다는 마음이 갈수록 커졌습니다.

학교마저 가지 못하는 아이들은 차와 오토바이가 뒤범벅이 된 거리에서 아무 생각도 없이 뛰어놀면서 시간을 보냅니다. 놀이도 돈이나 폭력과 관련된 놀이를 합니다. 놀 거리가 없으니 어린 고양이를 장난감처럼 던지고 놉니다. 어린 나이에 술을 마십니다. 담배를 피웁니다. 일찍 성에 눈을 뜹니다. 어린 나이에 아이를 낳습니다. 악순환입니다.

제가 필리핀과 처음 인연을 맺은 건 30여 년 전으로 거슬러 올라갑니다. 1988년 7월에 필리핀 메트로 마닐라의 퀘존 시티에 있는 '라디오 베리타스'에 파견되어 2년간 지낸 적이 있습니다. 그때 필리핀 사람들이 참 따뜻하게 저를 이웃으로 받아 주었던 기억이 납니다.

그로부터 20여 년의 세월이 흘러 2011년에 가족(아내 베로니카와 딸 모니카)과 함께 다시 필리핀을 찾았습니다. 나보타스 시티에 있는 일곱 군데 빈민 지역을 찾아 아이들을 돌보는 곳에 마련해 간 후원금을 전해 드리고, 파야타스에서 빈민 아이들을 돌보고 있는 까리타스 수녀원 원장 수녀님께 약간의 후원금을 전했습니다.

필리핀 가난한 도시 변두리에는 아이들이 너무너무 많았습니다. 그 많은 아이들이 먹을 것이 없습니다. 한국에 돌아와서도 그 모습이 자꾸 눈에 아른거렸습니다. 베로니카는 그 아이들을 생각하며 기도할 때마다 눈물이 난다고 했습니다. 우리나라가 아니라고, 너무 멀리 떨어져 있다고 못 본 척하기가 힘이 들었습니다. 언젠가 사정이 허락되면 이곳에서 가난한 아이들을 돌보고 싶다는 마음이 갈수록 커졌습니다.

필리핀은 교육열이 무척 높습니다. 부모들은 자신이 고생스럽더라도 자녀들을 가르치려고 합니다. 그러나 아이들을 교육시키기는커녕 한 끼라도 배부르게 먹일 힘이 없습니다. 아이들이 끼니라도 제대로 먹을 수 있게 해주고, 스스로 물고기를 잡을 수 있는 힘을 갖추도록 교육받을 기회를 주고 싶었습니다.

그것이 환갑을 바라보며 제가 품은 새로운 꿈의 시작이었습니다.

민들레 홀씨의
외출

　2011년 필리핀 방문을 마치고 돌아와서 곧바로 파야타스 쓰레기 마을에 사는 아이들을 위해서 옷을 모았습니다. 두세 달 간격으로 아이들 여름 옷 3천여 장을 모아 해운 화물로 보냈습니다. 2012년에는 파야타스를 방문해서 아이들에게 음식과 선물을 나누어 주었습니다. 초등학생과 고등학생 합해 104명에게 줄 수 있는 장학금을 마련해 까리타스 수녀원 원장님께 전했습니다.

　그런데 2013년 봄, 포스코에서 수여하는 청암봉사상을 수상했습니다. 새로운 꿈을 실현할 발판이 마련된 것이지요. 받은 상금을 어르신을 위한 민들레 국수집과 필리핀의 가난한 아이들을 위한 민들레 국수집을 여는 데 쓰기로 했습니다.

이제 필리핀의 가난한 아이들과 함께하는 민들레 국수집을 열면 되겠다는 부푼 꿈을 가지고 2013년 4월 가족과 함께 다시 필리핀 파야타스를 찾았습니다. 아이들에게 음식과 선물을 나눠 주었고, 110명의 장학금도 전달했습니다.

그런데 그곳에서 뜻밖의 소식을 들었습니다. 파야타스 쓰레기장이 더는 쓰레기 매립을 할 수 없게 되었다고 합니다. 파야타스는 재개발될 예정이고, 쓰레기 매립장은 더 외진 곳으로 옮겨 가게 되었다고 했습니다. 어쩔 수 없이 파야타스 근처에서 가난한 아이들을 위한 민들레 국수집을 열겠다는 계획을 변경할 수밖에 없었습니다.

어디로 가야 할까? 고심 끝에 말라본 시티에 있는 필리핀 요셉의원 원장이신 최영식 마티아 신부님을 찾아갔습니다. 무작정 찾아가 사정을 말씀드리고 도와 달라고 청했습니다. 고맙게도 신부님께서는 최대한 힘을 보태겠다고 하셨습니다.

얼마 후 참으로 반가운 소식이 있었습니다. 5월에 서울 영등포 요셉의원 후원을 위한 음악회가 명동성당에서 열리는데, 필리핀 요셉의원이 속해 있는 칼로오칸 교구 까리타스(사회복지회) 담당 루피노 야부트 지지 신부님이 최 신부님과 함께 우리나라로 오신다는 것입니다. 그때 함께 만날 수 있는 자리를 마련해 주신다고 했습니다.

2013년 5월 16일 저희 가족은 영등포 요셉의원 원장인 이문주 신부님, 최영식 신부님과 함께 칼로오칸 교구의 지지 신부님을 영등포 요셉의원에서 만났습니다. 그간 민들레 국수집이 필리핀에서 가난한 사람들과 함께하고자 했던 일들을 말씀드리고, 필리핀의 빈민 지역에서 가난한 아이들에게 밥을 대접하고 또 공부도 하게 해주고 싶다는 뜻도 전했습니다. 필리핀의 가난한 아이들과 함께 살기 위해 모니카가 가게 될 것이라고 했습니다.

저희 이야기를 들으신 지지 신부님은 민들레 국수집이 칼로오칸 교구 안에서 가난한 아이들을 위한 일을 해주면 좋겠다고 하셨습니다. 귀국한 다음, 민들레 국수집이 활동할 수 있는 곳 세 군데를 준비해 놓겠다고 하셨고, 그중 마음에 드는 한 곳에서 시작할 수 있게 도와주시겠다고 했습니다.

그로부터 세 달 뒤인 2013년 8월 4일부터 11일까지 저희 가족은 필리핀을 방문해 지지 신부님이 알아봐 주신 세 곳을 둘러보았습니다.

첫 번째로 나보타스 시티에 있는 산 로퀘 성당 관할 지역인 강가에 수상 가옥이 있는 마을을 방문했습니다. 마을을 둘러본 후 식당을 차릴 만

한 공터를 보여 주셨습니다. 농구장이 있는 곳입니다. 지지 신부님은 이 곳이 가장 시급한 곳이라며, 아이들이 밥이라도 먹을 수 있게 했으면 하고 바라셨습니다.

두 번째로 말라본 시티에 있는 산 안토니오 성당 관할 지역인 파라다이스 빌리지를 방문했습니다. 나보타스보다는 주거 환경이 좋지만 참 마음 아프게 하는 곳이었습니다. 이곳에는 10평 정도의 작은 채플(예배당)이 있습니다. 2층을 올리려다가 못 올린 듯합니다. 나중에 여유가 되면 2층을 올릴 수 있을 것 같습니다. 그리고 길 옆에 음식을 조리할 수 있는 조그만 자리도 있습니다. 이곳도 끼니를 제대로 잇지 못하는 아이들이 많다고 합니다.

세 번째로 칼로오칸 시티에 있는 라 로마 가톨릭 공동묘지 옆의 산 판크라시오 성당을 방문했습니다. 사제관 옆에 있는 본당 자선 클리닉 자리를 민들레 국수집에서 이용할 수 있다고 하셨습니다. 이곳은 어린이를 위한 공부방이나 무료 유치원을 열 수 있을 정도로 장소가 넓습니다. 그리고 조금만 손을 보면 될 것 같습니다. 그리고 단기 자원봉사자들이 와도 지낼 만한 공간입니다.

저녁에 가족들과 이야기를 나눴습니다. 첫 번째 지역은 반드시 해야 하지만 모니카가 가서 살기에는 너무 위험해 보였습니다. 두 번째 지역은 첫 번째 지역보다는 급하지 않지만 아이들을 위한 급식을 했으면 좋겠다고 생각했습니다. 하지만 건물이 너무 협소한 것이 안타까웠습니다.

세 번째 지역이 모니카가 지내기에 가장 좋다고 생각했습니다. 그리고 아이들을 위한 식당과 공부방, 아이들 도서관도 할 수 있는 장소였습니다. 공동묘지에 노숙하는 분들이 있어 그들에게도 도움을 나눌 수 있을 것 같았습니다. 하지만 가장 도움이 필요한 나머지 두 지역도 포기할 수 없다고 생각했습니다.

다음 날 최영식 신부님과 이야기를 나눴는데, 신부님은 가장 도움이 필요한 수상가옥 마을을 요셉의원이 맡을 테니 나머지 두 곳을 민들레 국수집에서 맡아 주면 좋겠다고 하셨습니다. 그럴 수는 없는 일이었습니다. 세 곳 중 하나를 선택할 것이 아니라 세 곳을 전부 맡고 신부님은 의료 지원에 집중하시는 것이 이곳 분들에게 큰 도움이 될 거라고 말씀드렸습니다.

저희의 결정을 들으신 지지 신부님은 정말 기뻐하셨습니다. 어제 저희들이 나보타스 강가 마을을 방문한 후 그곳 봉사자들이 벌써 급식 혜택을 받을 아이들 명단 작성에 들어갔다고 했습니다. 덩달아 제 마음도 급해졌습니다. 이제 정말 시작이라는 생각이 들었습니다.

드디어 필리핀 민들레 국수집이 첫발을 뗐습니다. 필리핀 민들레 국수집은 칼로오칸 교구 관할 지역인 나보타스, 말라본, 칼로오칸 시티 세 지역에 한 곳씩 가난한 아이들을 위한 무료 급식 식당을 운영하고, 장학금 지원과 아이들 공부방, 어린이를 위한 도서관 사업을 하기 위한 준비를 시작했습니다.

새로운 VIP를
찾아 변방으로 가다

출국을 열흘 앞두고 필리핀에서 사용할 전기밥솥과 국솥, 볶음 팬, 튀김 팬, 도마, 식도와 과도, 주걱과 국자 등등을 마련했습니다. 아이들이 쓸 식판과 간식 그릇, 볼, 스푼, 포크, 물컵 등은 2월에 이미 필리핀으로 보냈습니다. 서른다섯 박스나 되었습니다.

주방용품을 장만하다 보니 2003년 민들레 국수집을 처음 시작할 때가 생각났습니다. 그때는 돈이 없어 국그릇과 수저를 살 때 몇 번이나 망설였는지 모릅니다. 하지만 지금은 조금 더 좋은 것을 찾게 되었으니 참 좋습니다. 필리핀 민들레 국수집에서 사용할 주방용품을 꾸리니 커다란

짐으로 다섯 꾸러미나 되었습니다. 해운 화물로 보낼 예정입니다.

필리핀으로 떠나오면서도 이슬왕자님이 걱정이었습니다. 아무래도 하늘나라로 여행을 떠난 것은 아닌지……. 그런데 출국 며칠 전 이슬왕 자가 나타났습니다. 쓰러져서 병원에 입원하게 되었는데 민들레 국수집 이 어딘지 기억을 할 수 없었답니다. 알코올성 치매라고 했습니다.

베로니카가 "나는 누구예요?" 물어보니 한참 생각하다가 '아줌마'라고 했답니다. 잘 기억이 나지 않는다고 합니다. 그런데 저는 알고 있더랍니 다. 다시 병원으로 간다고 해서 옷을 갈아입히고 용돈을 조금 드려서 보 냈는데, 아무래도 오래 살지 못할 것 같다고 했습니다.

사람들은 중심을 향해서만 가려고 합니다. 하지만 부활하신 예수님은 제자들에게 중심이 아닌 변방으로, '갈릴래아로 가라'고 하셨습니다. 흔 히 낮은 곳, 소외된 곳으로 가는 것이 어렵고 힘든 일이라 생각하지만, 실은 그것이 더 쉽습니다. 세상의 중심으로 들어가려면 얼마나 어렵고 힘이 듭니까. 무진장 노력을 해도 될까 말까지만, 마음먹기만 하면 우리 는 언제든 변방으로 갈 수 있습니다.

누구든 마음만 먹으면 쉽게 갈 수 있는 길을 하느님께서 알려 주셨는 데, 사람들은 오히려 중앙으로 가는 것이 쉽고 효율적이라고 착각하는 것입니다.

교황이 되시고 맞이한 첫 생일날 노숙인들을 초대하시고, 바티칸 광장에 노숙인을 위한 샤워 시설을 만드신 프란치스코 교황님은 제가 선택한 그 길이 틀리지 않다는 확신을 보여 주셨습니다.

우리 자신을 낮추고 낮춰, 우리 자신을 나누고 나눠, 형제애로 사랑을 실천하면 진흙처럼 보잘것없던 여린 생명이 하느님 자비의 숨결로 되살아납니다. 하느님은 두려움을 모르시는 분입니다.

새로운 VIP를 찾아 민들레처럼 저는 변방으로 갑니다. 주님의 초대장을 받은 귀빈들이 그곳에서 애타게 우리를 기다리고 있으니까요. 아주 낮은 곳에서 겨자씨처럼 시작할 것입니다.

필리핀으로 간 민들레 국수집

빈손으로
다시 시작하기

2014년 4월 22일, 민들레 국수집을 자원봉사자에게 맡기고 저희 가족은 두렵고 떨리는 심정으로 필리핀으로 출발했습니다. 처음에는 모니카가 가서 시작하기로 했습니다만, 한두 곳이 아닌 세 곳에서 아이들을 돕는 일을 해야 하기에 제가 먼저 들어가기로 했습니다. 이삼 년 후 자리를 잡으면 그때 모니카를 보내기로 했습니다.

저희가 필리핀에서 임시로 거처할 곳을 찾는다는 소식을 들은 최영식 신부님께서 전화를 주셨습니다. 민들레 국수집이 필리핀에서 자리 잡으려 준비하는 동안 필리핀 요셉의원에서 함께 지내도 좋다고 하셨습니다.

차도 함께 쓰고, 운전기사와 통역할 수 있는 직원도 있으니까 함께하면 좋겠다고요. 물론 필리핀 요셉의원도 후원자들의 도움으로 운영되니 약간의 비용은 지불하면 좋겠다고 하셨습니다.

실은 처음 필리핀 민들레 국수집을 준비할 때는 인천교구에서 칼로오칸 교구로 민들레 국수집을 파견하는 형태로 진행되었습니다. 칼로오칸 교구의 가난한 아이들을 위해 장학사업과 공부방, 어린이도서관 그리고 무료 급식을 하는 협약도 체결되었지요. 양 교구 간의 협약에 의해 비영리법인을 구성해서 가난한 아이들을 돕기로 했습니다.

하지만 여러 사정에 의해 인천교구와 그 일을 함께할 수 없게 되었고, 교회에 누를 끼치면 안 된다는 심정으로 그동안 준비했던 필리핀 계획은 모두 포기했습니다. 공들여서 겨우 만들었던 '필리핀 민들레 국수집 INC'의 사용도 포기했습니다. 칼로오칸 교구가 난색을 표하면 그냥 개인적으로 가난한 빈민 지역에서 작고 조그맣게 민들레 국수집을 시작하려고 마음먹었습니다.

그런데 놀라운 일이 일어났습니다. 제가 필리핀에 도착하기 전날 칼로오칸 시티의 산 판크라시오 성당 옆 빈민촌에 불이 났습니다. 안타깝게도 한 명이 사망하고 집 400여 채가 불타 버렸습니다. 천여 가구 4천 명의 이재민이 발생했습니다. 그리고 일부 이재민이 성당 마당 한편에

필리핀으로 간 민들레 국수집

자리 잡았습니다. 170여 가구, 780여 명입니다. 그곳에 민들레 국수집의 도움이 필요하다는 연락을 받고 바로 달려갔습니다.

가장 필요한 것이 슬리퍼, 손톱깎이, 머리 가위 등이었습니다. 급히 옷 3천 장과 슬리퍼 2,300켤레를 구입해서 나눠 드리고, 산 판크라시오 성당 신부님께 이재민을 위해 써달라고 1만 페소(약 25만 원)를 드렸습니다. 그리고 성당 옆 부속건물을 수리해서 민들레 국수집을 시작할 때까지 마당에서 이재민 생활을 하는 가정의 아이들에게 매일 빵과 음료수, 과자를 나누어 주었습니다.

곧바로 성당 옆 부속건물을 고치는 작업에 착수했습니다. 지지 신부님의 소개로 좋은 건축업자를 만났습니다. 느릿느릿 일하기로 소문난 필리핀 사람들입니다. 그런데 필리핀 민들레 국수집 집수리는 계획했던 공사 일정보다도 아주 일찍 마무리를 하게 되었습니다.

함께 고생하며 필리핀 민들레 국수집을 준비한 베로니카와 모니카는 더 이상 한국 민들레 국수집을 비워 둘 수 없어 개원 미사까지 함께하고 5월 8일 한국으로 돌아갔습니다.

그리고 드디어 2014년 6월 9일 월요일에 필리핀 민들레 국수집에서 처음으로 우리 아이들에게 밥을 대접했습니다. 소박한 밥상이었습니다. 밥과 반찬 하나 그리고 바나나 반 조각. 아이들이 어찌나 맛있게 먹는지

드디어 필리핀 민들레 국수집에서
처음으로 우리 아이들에게 밥을 대접했습니다.
소박한 밥상이었습니다.
아이들이 몇 번이나 밥을 먹는 것을 보고 마음이 아팠습니다.

ⓒ 민들레 국수집

놀랐습니다. 또 몇 번이나 밥을 더 먹는 것을 보고 마음이 아팠습니다. 얼마나 배가 고팠을까!

이어서 나보타스 시티 산 로퀘 성당 2층에도 50여 명의 아이들을 대상으로 민들레 국수집을 시작했고 말라본 시티의 파라다이스 빌리지의 채플 2층에서도 민들레 국수집을 열었습니다. 자원봉사자를 만나고, 그릇과 솥 등 모든 집기 비품을 마련하느라 동동거리며 동분서주했습니다. 말라본 시티의 빈민촌인 톤소야 바랑가이에서도 파출소 옆에 천막을 치고 급식을 시작했지만 운영상의 문제로 중단했습니다.

마닐라의 빈민촌에도 가난한 아이들이 많지만 시골은 사정이 더 열악하다는 이야기를 들었습니다. 그러다가 마닐라 북쪽 지방의 누에바 이시야의 농촌 마을 쿰바에 3~6세 아이들 60명을 대상으로 하는 '성 요한 데이케어센터'가 있다는 소식을 접하고, 그곳에도 아이들 장학 지원금을 보냈습니다. 쿰바에서도 굶주린 아이를 위한 피딩(무료 급식) 프로그램을 진행하려 했으나 포기하게 되었습니다. 집을 고치는 일이 잘 진척되지 않고 돈만 더 들어가는 바람에, 안타깝지만 다음을 기약해야 했습니다.

이제 가난한 아이들과 만나기 시작하면 진정 아이들에게 필요한 것이 무엇인지 보일 것 같습니다. 그때 필요한 것을 잘 도울 수 있도록 주님께서 이끌어 주시길 기도합니다.

좌충우돌
암중모색

2003년 만우절에 민들레 국수집은 문을 열었습니다. 돈을 받지 않고 나누기만 하는데도 거짓말처럼 13년의 세월이 흘렀습니다. 가난한 사람들은 작은 것에 행복해합니다. 눈치 보지 않고 밥 한 그릇 먹을 수 있으면 행복해합니다. 바라는 것은 겨우 밥 한 그릇뿐입니다. 다만 차이라고는 '먹어'가 아니라 '드세요'의 차이입니다. 이 작은 차이가 우리 VIP 손님들께는 희망의 씨앗이 됩니다.

약육강식의 정글 같은 세상에서 밀려나 거리를 헤매는 이들에게 또다시 경쟁에서 이기는 법을 가르쳐서는 절대로 자활이 되지 않습니다. 1등만이 살 수 있는 세상에서 밀려난 사람들에게 참으로 필요한 것은 가족과 이웃과 친척, 따뜻한 공동체의 체험입니다. 남이 나처럼 귀한 사람이라는 것을 체험할 때 이들에게 새로운 삶이 시작될 수 있습니다. 저는 이 체험을 필리핀의 이웃들과도 나누고 싶었습니다.

필리핀 민들레 국수집도 인천 민들레 국수집과 똑같이 운영하기로 마음을 다졌습니다. 민들레 국수집처럼 하느님의 섭리에 의지해서 정부 지원을 받지 않고, 예산 확보를 위한 프로그램 공모를 하지 않고, 후원 조직을 만들지 않고, 생색내는 후원은 거절하기로 마음먹었습니다.

민들레 스콜라십(장학금)과 민들레 피딩(무료 급식) 프로그램도 우여곡절이 많았습니다. 제가 계획했던 일들은 현지 사정과 맞지 않는 경우가 많았습니다. 산 판크라시오 성당 옆의 민들레 국수집만 해도 그렇습니다.

처음에는 산 판크라시오 성당 신부님께 초등학생을 대상으로 장학생 50명과 급식 대상 아동 50명을 선정해 달라고 했습니다. 성당 사무실에서 작성해 준 명단을 받아들고 아이들 집을 방문했습니다.

지난번에 화재가 났던 성당 옆 마을입니다. 칼로오칸 시티의 '라 로마 가톨릭 공동묘지' 옆의 개울을 사이에 두고 형성된 마을인데, 이름도 없습니다. 그냥 BMBA 마을입니다. BARIO(마을), MALIGAYA(행복), BAGONG(새), ANYO(이름)의 약자입니다. 새로운 행복한 마을이라는 뜻이지요.

가난한 사람들은 개울가나 강가, 바닷가에 판잣집을 짓고 살아갑니다. 왜냐하면 그래야 하수 처리를 그나마 할 수 있기 때문입니다. 지난번 화재를 겪고 남아 있는 기둥과 벽에 나무와 합판으로 집을 꾸미고 다시 들어와서 삽니다. 어떤 집은 아예 지붕이 없습니다. 비닐로 얼기설기 하늘을 가리고 사는 집도 몇 곳이나 있습니다. 우리 아이들이 그런 곳에서 가족들과 함께 살고 있습니다.

아이들에게 제일 필요한 것은 밥 먹는 것이었습니다. 장학금을 받을 아이들도 전부 민들레 국수집에 와서 식사를 하도록 했습니다. 그랬더니 문제가 생겼습니다. 피딩 프로그램 대상인 아이들이 섭섭해합니다.

고심을 하다가 피딩 대상 아이들에게도 전부 장학금을 지급하기로 했습니다. 50명을 대상으로 피딩 프로그램을 진행하려고 건물 리모델링을 했는데 100명으로 늘어났으니, 공간이 모자랐습니다. 아이들이 책을 보는 공간마저 식사 시간에는 밥 먹는 공간으로 쓰도록 했습니다. 하지만 식탁이 모자랐습니다.

다행스럽게도 필리핀은 아이들이 오전반과 오후반으로 2부제 수업을 하고 있습니다. 그래서 저절로 아이들의 식사 시간이 오전 11시와 오후 12시 30분 두 차례로 나뉘었습니다. 식탁이 모자라는 문제는 필리핀의 2

부제 수업으로 저절로 해결이 되었습니다.

그런데 또 문제가 생겼습니다. 가난한 가정에는 아이들이 참 많습니다. 민들레 국수집에 밥 먹으러 오는 언니와 오빠, 누나를 따라서 동생들이 왔습니다. 그런 꼬마들이 마흔 명도 넘습니다. 엄마 대신 동생을 돌봐야 하는 아이들이 데려오기도 하고, 마땅히 놀 곳도, 먹을 것도 없는 서너 살 먹은 꼬마들이 떼쓰면서 따라온 것입니다.

배고픈 아이들입니다. 어쩔 수 없이 꼬마들에게도 밥을 대접했습니다. 꼬마들 때문에 민들레 국수집 장학생들이 공부를 할 수가 없습니다. 밥 먹는 일만으로도 북새통이 되었습니다. 그래서 민들레 베이커리 공간을 반으로 줄여서 꼬마들을 위한 어린이집(민들레 데이케어센터)을 만들었습니다. 덕분에 초등학생들이 공부를 더 열심히 할 수 있게 되었습니다.

시골 큄바 마을에 어린이집을 열려고 준비했던 물건들을 그대로 썼습니다. 말루 선생이 주방 돕는 일을 하다가 긴급히 어린이들을 돌보는 일을 맡았습니다. 운전기사인 제퍼슨도 아이들을 잘 도와줍니다.

필리핀에서 처음 보낸 몇 달은 하루하루가 암중모색이었습니다. 두 눈을 부릅떠도 앞이 보이질 않아서 더듬거렸습니다. 말을 알아들을 수도 없고, 말을 할 수도 없고 그저 눈치만 보면서 헤맸습니다. 공감과 연대의 삶을 꿈꾸면서.

누가 더
행복할까

이곳은 가난하고 소외된 세상의 변방입니다. 골목길은 쓰레기와 폐수로 길인지 하수도인지 모를 정도로 질척거립니다. 판잣집보다 더 열악한 집들입니다. 지붕도 없는 집도 있습니다. 거리에서 그냥 누워 자는 사람도 있습니다. 배고픈 사람들이 너무 많습니다. 이곳에서는 굶기를 밥 먹듯 한다는 말이 무슨 말인지 금방 알 수 있습니다.

민들레 국수집에 오는 아이들은 참으로 배가 고픈 아이들입니다. 밥을 몇 번이나 먹습니다. 볼이 미어터질 정도로 넣고 또 넣습니다. 어떨 때는 입속에 든 밥을 삼킨 다음에 밥을 넣으라고 두 손을 붙잡고 있어야 할 정도입니다.

　그런데 어느 날입니다. 부자들이 모여 산다는 문틴루파 시티의 알라방이라는 곳을 방문했습니다. 눈이 휘둥그레졌습니다. 천국이 부럽지 않은 곳이었습니다. 으리으리한 저택들, 깨끗한 거리, '금빛 찬란한 알라방의 성당', 날씬하고 어여쁜 선남선녀들이 사는 곳이었습니다.

　필리핀은 못사는 나라가 아니라 빈부격차가 아주 심한 나라입니다. 빈부격차의 양극화가 심할수록 가난한 사람들의 삶은 더욱더 어려워집니다. 그런데 놀랍습니다. 가난한 사람들이 부자들보다 더 행복해합니다.

　화재가 나서 산 판크라시오 성당에서 피난살이를 하고 있는 이재민들을 보면 슬퍼하거나 실의에 빠져 있는 사람이 없습니다. 빨래하고 밥을 나누어 먹고 서로 돕고 배려하는 모습이 참 평화로워 보였습니다. 웃음소리가 끊이질 않습니다.

　불이 나고 며칠이 지났을 때 필리핀 신부님, 수녀님들과 함께 마을을 찾아갔습니다. 공터에서 놀던 아이가 신부님과 수녀님께 축복을 청합니다. 그러면서 행복하다고 합니다. 다 타버리고 아무것도 남은 것이 없는 기막힌 상황인데도 행복하다고 합니다. 해가 뜨면 해가 떠서 행복합니다. 비가 오면 비가 와서 행복합니다. 물난리가 나도 행복하다고 합니다. 태풍에 지붕이 날아가지 않아서 행복하다고 합니다. 참으로 행복이 가득

찬 마을입니다.

행복 마을에는 곳곳에 구멍가게(사리사리 스토어)가 있습니다. 마늘도 한 쪽씩 비닐에 담아서 팝니다. 채소도 조금씩 놓고 팝니다. 빵 몇 개 놓고 팝니다. 쌀도 1, 2킬로그램씩 비닐봉지에 담아서 팝니다. 싱싱한 생선도 생선 장수가 통에 담아서 짊어지고 다니면서 팝니다. 순두부 장수도 골목을 다니면서 간식을 팝니다. 반찬도 조금 만들어 놓고 팔고 있습니다. 숯도 봉지에 담아 팝니다. 땔감이 없는 가난한 이들을 위해 밥도 팝니다.

그런데 안타깝게도 쌀이 떨어진 가정이 많습니다. 부모들이 일하러 나가면 아이들은 온종일 밥을 거른 채 기다립니다. 다행스럽게 엄마 아빠가 쌀 봉지를 들고 오면 신이 납니다. 빈손이면 그날 밤도 굶고 자야 합니다.

가난한 사람들은 하루 벌어 하루 먹고살기도 힘이 듭니다. 일자리가 없기 때문입니다. 민들레 국수집에 아이들을 데리고 오는 엄마들에게 제일 필요한 것이 무엇인지 물어봤습니다. 너도 나도 일자리가 있으면 참 좋겠다고 했습니다.

겨우 열 살인 짐보이가 어느 날 아침 일찍 민들레 국수집에 찾아왔습니다. 꾸벅 인사하더니 편지를 내밉니다. 서툰 영어와 필리핀 말을 섞어서 쓴 편지입니다. 집에 쌀이 없답니다. 아빠는 일자리가 없어서 놀고 있고 자기에겐 돈이 없다고 했습니다. 쌀을 나눠 주었더니, 보물단지처럼 꼭 끌어안고 집으로 신이 나서 갑니다.

세계 3대 빈민 지역이라 불리는 필리핀 나보타스와 말라본의 가난한 사람들과는 나눌 것이 참 많습니다. 우리와 함께 필리핀을 다녀오신 산 위의 마을 박기호 신부님께서 이런 말씀을 하신 적이 있습니다.

"문득 나자로와 부자의 비유가 생각났습니다. 어렴풋이 하느님 나라의 모양새가 이런 삶을 뒤집어 놓는 형상이 아닐까? 목자가 잃은 양을 찾아 나서듯이 이곳에 하느님의 안타까운 눈길과 숨소리가 있지 않을까? 우리에겐 돈과 명품과 소비문화와 금융 자본의 손길이 있고, 그들에게는 인정과 나눔과 예수님의 연민과 긍휼히 여기심이 있다고 생각하니 한국이 그들보다 결코 더 행복할 수 없다는 감정에 부끄러웠습니다."

하느님 자리를
넘보지 마세요

화재 후 산 판크라시오 성당 마당에 살던 이재민들이 거의 자기 집을 마련해서 돌아가고 7월 초에는 아홉 가구만 남았습니다. 바랑가이(필리핀 최소 행정단위)에서도 성당에서도 모른 체하는 것 같습니다. 하지만 저 역시도 아홉 가구를 모두 도울 길이 없었습니다. 아니 도울 엄두도 내지 못했습니다.

그런데 지나라는 아기가 생글거리고 웃고 있습니다. 지나는 생후 석 달 된 여자아이입니다. 지나네 집만이라도 도와주자 마음먹었습니다. 모두 다 도울 수 있으면 참 좋겠지만, 우선 제가 보기에 가장 사정이 딱해

어려운 이웃을 도울 때 우리는 자신이
전지전능한 하느님이라 착각하기가 쉽습니다.
내가 상대를 바꾸려 들면 안 됩니다.
스스로 변화할 수 있도록 보조성의 원리를 지켜야 합니다.

보이는 지나네 가족을 조금이나마 돕기로 했습니다.

지나 가족은 엄마, 아빠, 형제들을 합해 아홉 명입니다. 지나 아빠는 35세입니다. 길에서 장난감을 팝니다. 하루에 이삼백 페소(약 5천~7천 원) 정도 번다고 합니다. 불에 타 골조만 겨우 남은 집을 어떻게든 고쳐서 살아 보려고 아침과 저녁에는 장사를 하고 틈틈이 혼자서 집을 고쳤습니다. 그런데 방법이 없습니다. 재료가 없습니다.

지나네 집에 가봤습니다. 3만 페소(75만 원) 정도면 아홉 가족이 몸 누일 보금자리를 꾸밀 수 있는데 하면서 한숨을 쉽니다. '지나네 가족에게 키다리 아저씨가 되어 주십시오' 하고 SNS에 부탁을 올렸습니다. 태국에 사시는 교포분이 1만 페소를 보내 주셨습니다. 그렇게 십시일반 모인 돈으로 지나네뿐만 아니라 남아 있는 다른 가족들까지 모두 도와줄 수 있었습니다.

죠슬린 할머니는 65세입니다. 가족이 열 명입니다. 아들이 디비소리아 시장에서 짐꾼 일을 합니다. 사위도 있습니다. 하늘나라로 간 딸이 낳은 갓난아기도 키웁니다. 불이 난 집터에 각목으로 뼈대는 세웠습니다. 지붕도 바닥도 벽도 없습니다. 조금 도와드린 지원금으로 함석을 사고 합판을 사서 아들과 사위가 뚝딱거리며 며칠 만에 집을 만들었습니다.

리카메이네도 도와주었습니다. 민들레 국수집 장학생입니다. 점심을 먹을 때 다섯 번이나 먹는 것을 보고 놀랐습니다. 아홉 가족이 비닐로 하늘을 가리고 삽니다. 어린 동생은 모기에 물려 아픕니다. 7천 페소를 지원했습니다. 리카메이 아빠가 시골에 가서 7일 동안 일해서 번 2,100페소를 합쳐 번듯하게 양철 지붕을 올렸습니다. 이 집은 자주 쌀이 떨어집니다.

글로리아 아주머니는 집이 세부입니다. 세부에는 병든 남편이 있습니다. 걸레 만드는 재봉 일을 합니다. 하루에 이삼백 페소를 버는데, 번 돈은 남편 약값으로 보냅니다. 화재에서 남은 집에 양철 지붕만 올리면 들어가서 살 수 있다고 해서 지원했는데, 동네 장정들이 품앗이로 그냥 지붕을 올려 주었습니다.

올란도 씨는 순두부 장수입니다. 가족이 모두 열 명입니다. 두 딸이 이제 겨우 열여덟 살, 열일곱 살인데 임신해서 곧 출산을 앞두고 있습니다. 남자 친구들은 도망갔다고 합니다. 방을 얻어 드리고 장사 밑천을 조금 빌려주었습니다. 단칸방에 열 명이 삽니다.

마누엘라네 가족도 아홉 명입니다. 마누엘라는 스물여덟 살이고 아이가 일곱 명입니다. 남편인 워너는 서른 살인데 생선 장수입니다. 마누엘라네 가족에게도 단칸방을 얻어 주고 장사 밑천을 조금 빌려주었습니다. 일곱 아이들 중 네 아이가 민들레 국수집에 옵니다. 이 집도 쌀이 떨어지는 때가 많습니다.

리카메이네 집을 둘러보고 오는데 할머니가 울면서 하소연을 합니다. 자기 집이 지붕이 없답니다. 아홉 가족이 살고 있습니다. 집의 시멘트 구조가 튼튼해서 지붕만 덮으면 어느 정도 살 수 있을 것 같아 조금 도와 드렸습니다.

참 많은 조언을 들었습니다.

"지나네보다 더 가난한 사람이 많아요. 하루 삼사백 페소를 번다면 괜찮게 사는 사람입니다. 좀 더 이 나라를 알아본 다음에 꼭 도움이 필요한 사람에게 도움을 주는 것이 좋지 않나요? 도와주면 분명 지나네 아빠는 일하지 않을 것입니다. 일할 필요를 느끼지 못하지요. 놀다가 돈 다 쓰면 또 도와 달라고 할 것입니다. 도와주지 마세요."

주변 사람들이 큰일이라도 난 것처럼 말립니다. 게을러서 가난하다는 것입니다.

한국에서도 말합니다.

"한국에도 어려운 사람이 많아요. 필리핀보다 더 가난한 나라도 많아요. 공평하게 도와줘야지요. 누군 도와주고 누구는 안 도와주면 올바르지 않아요. 그렇게 다음을 생각하지 않고 마구 도와주다가 나중에 어쩌려고 그래요? 도와주기 시작하면 많은 사람들이 나도 도와 달라고 벌떼처럼 몰려올 텐데 어떻게 하려고 그래요?"

　어려운 이웃을 도울 때 우리는 자신이 전지전능한 하느님이라 착각하기가 참 쉽습니다. 하느님 자리를 우리가 넘보면 안 됩니다. 그리고 가난한 사람을 의심하면 안 됩니다. 또 나 자신은 몸으로 존재하기에 제한적일 수밖에 없습니다. 제한적이기에 먼저 내 주위의 어려운 이웃을 잘 살펴보고 사랑을 즉시 실천하면 좋습니다.

　내가 상대를 바꾸려 들면 안 됩니다. 스스로 변화할 수 있도록 보조성의 원리를 지켜야 합니다.

우리 아이들만 잘 먹이면
되는 줄 알았습니다

저는 참 행복한 사람입니다. 환갑이 넘었으니 롤로(할아버지) 피터가
맞는 말인데도, 아이들은 저를 '엔젤 피터' 또는 '꾸야 피터'라고 부릅니
다. 꾸야는 오빠라는 뜻입니다. 이 나이에 누가 아이들에게 오빠 소리를
듣겠습니까.

아이들은 시도 때도 없이 멀리서부터 제게 달려와 마노 뽀(축복)를 청
합니다. 앙증맞은 손을 내밀어 제 손을 잡아 자기 이마에 댑니다. 비타민
사탕 하나에 좋아 어쩔 줄 모릅니다. 민들레 국수집 마당에 행복이 가득
합니다.

밥 한 공기와 반찬 한 가지뿐인데도 우리 아이들은 밥을 참 잘 먹습니다. 두 번은 더 먹으려고 합니다. 반찬이 부실하니 거의 밥으로 배를 채웁니다. 우리나라의 VIP 손님을 대접할 때 느낀 것과 같습니다. 밥으로 배를 채우려니 짜게 먹게 됩니다. 반찬을 싱겁게 고루 먹이고 밥은 조금 적게 줄이도록 노력했습니다.

칼로오칸 교구 사회복지회에서 필리핀 민들레 국수집에 쌀을 지원해 주겠다고 해서 받았습니다. 아이 한 명당 하루 60그램씩 제공하라고 합니다. 급식 시작 전에 아이의 키와 몸무게를 재고, 매달 체크해서 아이 몸무게가 20킬로그램이 넘으면 급식 대상에서 제외해야 한답니다.

그런데 이곳 아이들의 식사량은 아이 한 명당 100그램이어야 합니다. 부식비도 지원하지 않으면서 60그램을 고집합니다. 매일 아이들 몸무게를 확인해서 제출하면 100그램씩 지원하는 것을 고려해 보겠다고 했습니다.

며칠을 고민했습니다. 필리핀 민들레 국수집도 민들레 국수집처럼 쌀을 지원받는 것을 포기했습니다. 민들레 국수집에서는 아주 저렴하게, 시중가의 14퍼센트의 가격으로 정부미를 구입할 수 있었습니다. 그런데 몇 가지 조건이 있어서 아깝지만 정부미를 구입할 수 있는 자격을 포기했습니다. 이곳에서도 우리 아이들에게 제한 없이 충분히 먹게 하고 싶

아이들은 저를 '엔젤 피터' 또는 '꾸야 피터' 라고 부릅니다.
꾸야는 오빠라는 뜻입니다.
이 나이에 오빠 소리를 듣는 저는 참 행복한 사람입니다.

기 때문입니다. 반찬도 좀 더 늘리고 싶습니다. 몸무게 20킬로그램이 넘어도 아이들에게 식사를 제공하고 싶습니다.

처음에는 필리핀 민들레 국수집에 오는 우리 아이들만이라도 잘 먹이면 되는 줄 알았습니다. 그런데 아이를 데리러 오는 엄마들을 보는 마음이 내내 불편했습니다. 아이들은 맛있는 반찬이 나오면 남겼다가 엄마에게 내밉니다.

제가 본 필리핀에서의 무상급식은 거의 아이들을 대상으로 하고 있었습니다. 한 가정에 한 아이씩 급식 대상으로 뽑습니다. 보통 한 가정에 아이가 일고여덟 명은 되는데도 그렇습니다. 6개월 정도 아이들에게 밥을 줍니다. 그런 다음 다시 급식 대상 아동을 뽑습니다. 엄마들도 6개월이라도 아이에게 밥을 준 것을 고마워합니다. 더 무료 급식을 해달라고 부탁하지도 않습니다. 워낙 배고픈 아이들이 많기 때문입니다.

그러니 엄마들이 아이들 밥을 먹겠다고 나서는 경우는 거의 없습니다. 그저 자기 아이에게 밥을 먹게 해주는 것만도 고맙다고 합니다. 그런데 감사 인사를 하는 엄마 배에서 꼬르륵 소리가 들립니다. 고민에 고민을 거듭하다가 필리핀 민들레 국수집에 오는 아이들의 엄마에게도 밥을 드리기로 했습니다.

첫날에는 스물두 명의 엄마들이 식사를 했습니다. 두세 번을 밥을 더 드십니다. 그러면서 고맙다고 인사를 합니다. 다음 날에는 서른아홉 명의 엄마들이 식사를 했습니다. 다음 날에는 마흔아홉 명이 식사를 했습니다.

그런데 다시 문제가 생겼습니다. 엄마들이 하나둘 집에 있는 아기들을 데리고 와서 밥을 먼저 먹입니다. 그러면서 밥을 못 먹이게 하면 어쩌나 불안해하며 제 눈치를 봅니다. 그래서 민들레 국수집 아이들 가족이라면 누구나 오셔서 식사할 수 있다고 했습니다. 그랬더니 참 좋아합니다.

아예 가족들이 식사할 수 있는 자리를 마당에 마련했습니다. 마당에 천막을 치고 음식을 나누니 매일이 동네 잔칫집 같습니다. 엄마들도 행복해합니다. 아이들도 엄마가 배부르게 먹는 모습을 보고 행복해합니다. 식사를 마친 엄마들은 아이들 그릇까지 기쁘게 설거지를 해줍니다.

밥 한 그릇 더 나누니 민들레 국수집이 저절로 행복한 민들레 국수집이 되었습니다.

필리핀으로 간 민들레 국수집

137

물난리를 겪다

시커먼 물이 마을 골목길에 세차게 흐릅니다. 어른 허벅지가 잠길 정도로 깊습니다. 시커먼 물에 온갖 쓰레기가 씻겨 내려갑니다.

민들레 국수집 오후반 아이들이 간식을 먹을 즈음에 비가 쏟아지기 시작했습니다. 양동이로 쏟아붓는 것처럼 비가 내렸습니다. BMBA 마을에는 시커먼 물이 흐르는 개천이 있습니다. 그 개천이 범람하면 마을은 물바다가 됩니다.

비에 흠뻑 젖은 아빠와 엄마들이 아이들을 데리러 왔습니다. 이미 아이들 혼자서는 집에 올 수 없기 때문에 데리러 왔답니다.

리카메이는 집에 쌀이 없답니다. 아빠는 일하러 갔는데 어디로 갔는지 모른답니다. 레노아도 데려다주어야 합니다. 두 아이와 마을로 갔습니다.

장화를 신으면 괜찮으려나 하고 장화를 신고 갔습니다. 그런데 시커먼 물속에 발을 딛자마자 장화 속으로 물이 들어왔습니다. 물살도 꽤나 거셉니다. 레노아를 안고 조심조심 골목길을 걸었습니다. 아이들은 웃고 떠들면서 그 물에서 물놀이를 즐깁니다. 웃음소리가 끊이질 않습니다. 짐보이네 집 마당은 이미 물바다입니다. 2층에서 우릴 보고 인사합니다.

겨우 레노아 집에 도착했습니다. 네슬리가 레노아 집에 있습니다. 네슬리네 집은 반지하인데 이미 물에 잠겨서 이웃집인 레노아 집으로 피난 왔답니다. 레노아네 집은 지붕이 없습니다. 얼기설기 천으로 가렸습니다. 이곳저곳 물이 떨어집니다. 그 와중에도 숯을 피워 밥을 하고 있습니다. 레노아 아버지는 일자리를 못 찾았습니다.

약간 높은 곳에 있는 구멍가게에서 쌀을 2킬로그램 사서 리카메이에게 줬습니다. 리카메이네 아홉 가족이 먹을 양식입니다. 마누엘라네 집은 2층이어서 물바다 속에 길이 없어졌습니다. 아직 먹을 쌀이 있답니다.

필리핀 민들레 국수집은 약간 높은 지대에 있어서 물난리가 날 염려가 없습니다. 그런데 물난리를 겪었습니다. 자다가 화장실 가려고 바닥에 발을 디뎠는데, 철퍼덕 물소리가 났습니다. 불을 켰습니다. 타일 바닥을 뚫고 맑은 물이 퐁퐁 솟아오릅니다. 방이 물바다가 되었습니다. 급히 물을 바가지로 퍼냈습니다. 그런 물난리를 몇 달 새 세 번이나 겪었습니다.

원인을 찾아 봤더니 하수관이 역류한 것도 아니고, 수도관이 터진 것도 아니었습니다. 흐르는 물길이 국수집 바로 위에서 막혀 있었습니다. 이곳은 건기와 우기로 계절이 나뉘어 있습니다. 건기 때 물길을 막아 놓으면 물길이 막혔는지 알 수가 없습니다. 겨우 물길을 찾아 수로를 만들어 주었습니다. 물이 샘물처럼 터져 나왔습니다. 그제야 물난리 걱정이 없어졌습니다.

민들레
쌀 뒤주

우리 아이들이 제일 무서워하는 것은 집에 쌀이 떨어지는 것입니다. 쌀이 떨어지면 굶는다는 것을 알기 때문입니다. 식구는 많은데 일거리는 없습니다. 1킬로그램에 사오십 페소(1,000~1,250원) 하는 쌀을 충분하게 살 수가 없습니다. 그래서 집에 자주 쌀이 떨어집니다. 어떨 때는 민들레 국수집에 온 가족이 식사하러 오는 경우도 있습니다.

리카메이는 열세 살 소녀입니다. 장녀이고 동생이 여섯입니다. 막노동을 하러 다니는 아빠는 하루에 겨우 3백 페소(7,500원)를 법니다. 일거리가 없는 날이 더 많습니다. 리카메이는 언제나 쌀 걱정을 합니다. "노 라이스." 그런데 얼마 전부터 민들레 국수집에 나오지 않습니다. 들리는 말로는 엄마 아빠가 별거하기로 했고 아이들은 고아원에 맡겨졌다고 합니다. 가난 때문에 결국 가정이 파탄 나버렸습니다.

일곱 살 여자아이가 집에 쌀이 없다고 했습니다. 쌀 5킬로그램을 비닐봉지에 담아 주었더니 무거워서 들지를 못합니다. 친구가 거들어서 둘이 같이 들고 가기도 했습니다. 어린아이들이 쌀 걱정하는 것이 속상해서, 엄마나 아빠가 직접 와서 쌀이 떨어졌다고 말하고 쌀을 5킬로그램씩 나누자고 했습니다.

그랬더니 볼멘소리를 하는 사람들이 나왔습니다. 왜 공평하게 모두에게 쌀을 나눠 주지 않느냐는 것입니다. 쌀을 주려면 모든 가정에 똑같이 줘야지 쌀이 떨어진 집에만 주는 것은 공평하지 않다고 했습니다.

저는 그분들에게 모두가 집에 쌀이 떨어졌다면 필요한 만큼 나눠 드리겠지만 쌀이 있는 집이나 없는 집이나 똑같이 나눈다는 것은 공평하다고 할 수 없다고 했습니다. 성경 출애굽기 16장에서 이스라엘 백성이 광야에서 만나를 먹었을 때처럼 하면 좋겠다고요.

이스라엘 백성들은 만나를 저마다 필요한 만큼 가졌다고 합니다. 욕심내서 더 가져갔다가 먹지 못하고 남겨 둔 것은 구더기가 꼬이고 고약한 냄새가 났다고 합니다.

아이들이 제일 무서워하는 것은 집에 쌀이 떨어지는 것입니다.

쌀이 떨어지면 굶는다는 것을 알기 때문입니다.

우리 아이들만이라도

제일 겁나는 일을 이제는 당하게 하고 싶지 않습니다.

처음에는 민들레 장학금을 지원받는 날, 쌀이 없는 가정에 5킬로그램씩 드리겠다고 했더니 세상에나! 모두 손을 들었습니다. 울며 겨자 먹기로 모든 가정에 쌀을 한 봉지씩 나눠 드렸습니다. 쌀이 없다고 손을 들었기 때문입니다. 나중에는 장학금 받으러 참석 못 했던 가정에서도 찾아와 쌀을 달라고 했습니다. '아! 이해를 못 하는구나' 생각했습니다.

　　필리핀 민들레 국수집에 한 달간 자원봉사를 하러 오신 왜관 성 베네딕도 수도원의 서 베네딕도 수사님이 초안을 잡아 친구분에게 영어 번역을 맡겼습니다. 그리고 그걸 다시 에빌라 선생이 필리핀 말로 옮겨 장학생 모임에 온 엄마들에게 전했습니다.

　　그래도 여전히 제대로 전달이 안 된 것 같아, 필리핀에서 오래 산 후배에게 부탁해 집에 쌀이 떨어진 가정을 위해 쌀을 나눠 드린다는 것을 설명했습니다. 이제야 어느 정도 받아들이는 것 같습니다.

　　아직 몇 가정은 반발 중입니다. 왜 공평하게 나눠 줘야지 게을러서 일도 하지 않아 쌀 떨어진 집만 쌀을 주느냐고 합니다. 그러면서 이웃을 도우려면 가능성이 있는 사람을 도와야지 게으르고 일도 안 하는 사람을 도우면 안 된다고 합니다. 병든 사람에게 의사가 필요하지, 건강한 사람에게는 별로 필요하지 않은데도 말입니다.

　　조 아우구스티노 변호사님과 고마운 몇 분의 도움으로 '민들레 쌀 뒤주'를 만들었습니다. 엄마 아빠가 죽어라고 일해도 아이들 먹일 쌀조차 구하지 못한 가족에게는 한 번에 5킬로그램씩 선물할 것입니다. 그래서 우리 아이들만이라도 집에 쌀 떨어지는, 제일 겁나는 일은 이제는 더 당하게 하고 싶지 않습니다.

지상에서
천국처럼

어깨에 순두부(따호)를 담은 통을 메고 다니면서 파는 올란도 카파라스 씨 가족에게 장사 밑천 3천 페소(7만 5천 원)를 빌려드렸습니다. 이자 없이 매주 3백 페소(7,500원)씩 상환하고, 처음 4주간 3백 페소씩 1,200페소(3만 원)를 상환하면 8백 페소(2만 원)를 더 보태서 방세를 내주겠다고 했습니다. 그런 다음 방을 빌려드렸습니다. 거의 움막 같은 방입니다. 보증금과 한 달치 방세를 선불로 합쳐서 4천 페소(10만 원)를 집주인에게 주었습니다.

놀랍게도 3백 페소씩 갚습니다. 그런데 들리는 소문은 좋지가 않습니다. 올란도 씨가 순두부 장사를 나가지 않고 잠만 잔다고 합니다. 게으른 사람을 왜 도와주느냐고 합니다. 태풍이 불고 비가 계속 오던 주간에는 3백 페소를 갚지 못했습니다.

그렇게 한 달이 흘렀습니다. 아무래도 월세를 도와주어야 할 것 같았습니다. 하지만 주변에서 말렸습니다. 열심히 살려는 사람을 도와야지 왜 게으른 사람을 돕느냐는 것입니다. 저는 한 번 더 기회를 주어야 한다고 했습니다. 하느님도 우리에게 계속 자비를 베푸시지 않느냐고요.

올란도 씨 집에 갔습니다. 순두부 장사를 하고 왔다고 합니다. 가족들의 얼굴도 밝아 보입니다. 집세를 내었는지 걱정되어 왔다고 했더니 벌써 냈다고 합니다. 들리는 소문과 너무도 다르게 잘 살고 있습니다.

어제 오후에는 올란도 씨가 순두부 장수 차림으로 부인과 함께 민들레 국수집을 찾아왔습니다. 3백 페소를 갚으려고 가져왔다고 합니다. 그리고 오늘은 자기가 민들레 국수집 아이들에게 따호를 선물하고 싶다고 합니다.

아이들이 참 좋아합니다. 그 많은 아이들과 엄마 그리고 우리에게도 따호를 선물해 줬습니다. 세상에! 지상에서 천국을 봅니다. 따호는 순두부인데 컵에다가 담아서 사탕수수즙과 고명을 얹어서 빨대를 꽂아 먹습니다. 아주 뜨겁습니다. 단맛만 없으면 우리나라 순두부와 똑같습니다.

가난한 사람과 함께하는 기쁨이 무엇인지 올란도 씨가 우리에게 보여주었습니다. 지상에서 천국을 누리게 해주었습니다. 사랑만이 우리를 살게 합니다.

필리핀 민들레
국수집의 하루

아침 7시 반부터 민들레 아이들이 옵니다. 처음에는 일찍 오는 아이들을 문밖에서 기다리게 하다가 10시가 되어야 들어오게 했습니다. 처음 민들레 국수집을 맡았던 필리핀 선생님에게 몇 번이나 아이들을 일찍 들어오게 하라고 했지만, 소귀에 경 읽기였습니다. 엄마들도 안에 들어와 기다리시게 하라고 해도 듣지 않았습니다. 최대한 오래 아이들이 민들레 국수집에서 책 보고 간식 먹고 놀다가 늦게 집으로 가게 하라고 했는데, 오후 3시가 되기도 전에 아이들을 전부 집으로 돌려보내 버렸습니다.

이제 필리핀 민들레 국수집은 작은 민들레 학교가 되었습니다.
밥을 먹고 공부를 하고 마당에서 뛰어놉니다.
아침 7시부터 저녁 5시까지 아이들 재잘대는 소리가 끊이지 않습니다.

결국 선생님을 바꿨습니다. EPS(외국인 고용관리 시스템)를 통해 한국말을 할 줄 아는 영어 선생님을 채용했습니다. 통역 때문에 뽑은 직원도 최대한 아이들 가르치는 일을 하도록 부탁했습니다. 운전기사도 시간 나는 대로 아이들 돌보고 가르치는 일을 하도록 부탁했습니다. 그리고 주방 일을 돕던 말루 선생은 아예 민들레 어린이집 아이들을 가르치도록 했지요.

이제 민들레 국수집은 작은 민들레 학교, 민들레 어린이집이 되었습니다. 아침 7시부터 저녁 5시까지 아이들 재잘대는 소리가 끊이질 않습니다. 월요일에는 아이들이 더 일찍 옵니다. 배가 고파서입니다.

아이들이 오면 아침을 먹었는지 물어봅니다. 대다수의 아이들은 아침을 굶은 채 옵니다. 어떤 아이들은 저녁도 못 먹었다고 합니다. 저녁도 못 먹고 아침까지 굶고 온 아이들에게는 비스킷이나 빵을 주거나 밥이나 라면을 먹을 수 있게 합니다.

밤에 물난리를 겪은 날 아침이면 아침을 못 먹고 온 아이들이 대다수입니다. 어떤 때는 물이 목까지 찼다고 하기도 합니다. 마을에 물이 넘치는 일은 1년에 몇 차례는 겪는 일입니다

오전에 오는 아이들은 초등학교 오후반 아이들입니다. 낮 12시쯤 오는 아이들은 초등학교 오전반 아이들입니다. 오전반, 오후반이 한 달 주기로 바뀝니다. 오후반은 11시에 식사를 하고 나면 학교에 갑니다.

민들레 국수집은 아침 9시에 아이들 손 씻기부터 시킵니다. 손톱 검사를 해서 손톱도 다듬어 줍니다. 이곳은 손톱깎이가 아주 귀합니다. 유아들은 말루 선생님이 어린이집으로 인솔해서 들어가고, 초등학교 다니는 아이들은 민들레 도서관으로 들어가서 간단하게 기도하고 서로 인사하고 나서 영어 공부를 합니다.

아이들이 집에서는 거의 공부를 할 수 있는 형편이 안 됩니다. 그리고 영어 공부를 제대로 하기도 참 어렵습니다. 그래서 영어 공부를 중점적으로 하고 있습니다. 지금까지는 아이들 영어 수준을 알아보느라 시험도 치고 기초적인 검사도 해서 두 반으로 나눴습니다. 아이들이 참 열심히 따라 합니다. 선생님들도 열성적으로 가르칩니다.

직원들이 점심을 먹고 나면 오전반 수업을 마친 아이들이 옵니다. 그러면 식사를 하고 책을 보다가 오후 영어 공부를 합니다. 오후 4시에 간식을 먹고 5시까지는 마당에서 놀이를 합니다. 참 재미있게 잘들 놉니다.

오후 5시에 아이들이 모두 떠나면 민들레 국수집은 절간처럼 조용해집니다. 참 좋습니다.

죠비타
아주머니

빼빼 마른 아주머니입니다. 나이는 쉰 정도입니다. 그런데 훨씬 더 나이가 들어 보입니다. 죠비타 아주머니를 처음 만난 것은 2014년 여름입니다. 산 판크라시오 성당 마당에 마지막까지 남은 아홉 가족 중에 죠비타 아주머니 가족이 있었습니다. 그중 여섯 가족은 집 짓는 것을 거들어 주었고 나머지 세 가족은 월세를 얻어 주기로 했습니다.

그런데 죠비타 아주머니가 심각한 표정으로 찾아왔습니다. 서툴지만 통역을 통해서 제가 알아들은 내용은 월세로 방을 얻어 주어도 자신은 수입이 아예 없어 들어가서 살 수가 없다고 했습니다.

죠비타 아주머니의 남편은 다른 여자와 살고 있고, 아주머니는 열여덟 살 아들, 열한 살 딸과 셋이 삽니다. 월세 5백 페소(12,500원)짜리 방을 얻을 수 있으면 좋겠지만, 매달 월세 낼 돈을 마련할 수가 없다고 했습니다. 그래서 매일 아침 민들레 국수집 마당을 쓸어 주면 5백 페소를 드리기로 했습니다.

두 달치 월세를 보증금으로 내고 방을 얻기로 했고, 며칠 후 죠비타 아주머니가 방을 얻었다고 했습니다. 함께 찾아갔습니다. 각목으로 뼈대만 있는 집입니다. 보증금을 받으면 2층에 방을 하나 지어서 아주머니 가족에게 빌려주기로 했답니다.

성당의 아침미사가 끝날 즈음인 아침 6시 반쯤이면 마당 쓰는 소리가 들립니다. 민들레 국수집 장학생이기도 한 딸과 함께 와서 마당을 씁니다. 죠비타 아주머니에게 간혹 쌀도 드렸습니다. 그렇게 몇 달이 지나고 언제부턴가 죠비타 아주머니가 잘 나오지 않았습니다. 어떤 날은 어린 딸이 혼자 나와 마당을 쓸기도 했습니다.

어느 날 아침 창백한 표정으로 나를 찾아온 죠비타 아주머니가 병원 서류를 하나 보여 주었습니다. 우리말을 조금 할 줄 아는 영어 선생님이 오면 다시 이야기하기로 하고, 영어 사전을 찾아보았습니다. 아무래도 결핵인 것 같았습니다.

조금 있다 에빌라 선생이 출근해서 죠비타 아주머니와 다시 이야기를 나눴습니다. 기침이 심해서 병원에서 진찰을 받았는데 며칠 전 폐결핵 진단을 받았답니다. 시청도 가보고 여러 곳을 찾아다니며 도움을 요청했지만 도움받을 길이 없다고 했습니다.

필리핀에서 결핵은 참으로 무서운 병입니다. 약값도 무지무지 비쌉니다. 적어도 여섯 달은 꾸준히 약을 먹어야 하는데 한 달 약값이 거의 2천 페소(5만 원)나 합니다. 그리고 결핵은 소모성 질환이라 영양식을 해야 합니다. 그런데 죠비타 아주머니는 약은커녕 하루 세 끼 밥 먹을 형편도 안 됩니다.

한 달분 약값을 드리면서 매일 아침과 점심은 민들레 국수집에서 드시라고 했습니다. 집에 쌀이 떨어지면 언제든지 말하고 국수집에서 쌀을 가져가겠다는 약속도 하게 했습니다. 그리고 사 온 약을 꼭 보여 달라고 했습니다.

얼마 후 죠비타 아주머니의 사연을 접한 태국 방콕의 교포분이 여섯 달 약값과 영양식을 먹을 수 있는 비용을 보태겠다고 연락해 왔습니다. 그래서 석 달 동안 약을 잘 복용하고, 민들레 국수집에서 아침과 점심을 드셨습니다. 점점 살이 올랐습니다.

그런데 어느 날 결핵약을 잘 드시는지 물어봤더니 우물쭈물합니다.

필리핀으로 간 민들레 국수집

몸이 아주 좋아져서 이젠 약을 안 먹어도 될 것 같아, 약값으로 아들이 필요하다는 것을 사줬다는 것입니다. 깜짝 놀라 약값을 다시 드리고, 반드시 여섯 달 이상 치료해야 된다고 타일렀습니다. 미안해하면서도 고마워서 어쩔 줄을 모릅니다. 완쾌되었다는 의사의 말을 듣기 전에 약을 중단하지 않겠다고 했습니다.

죠비타 아주머니가 어느 날 소원이 있다고 했습니다. 살고 있는 월세 집을 고쳐 주면 좋겠다고 합니다. 다시 죠비타 아주머니의 집을 찾아갔습니다. 그토록 허름한 집인 줄 몰랐습니다. 좁디좁은 골목길을 지나 좁고 가파른 사다리를 타고 2층으로 올라갔습니다. 지붕은 반쯤 함석으로 덮여 있고, 합판으로 막은 벽은 거의 없는 상태입니다. 바닥은 곧 무너질 듯 출렁입니다. 그런 집을 세놓고 월세 5백 페소를 받은 것입니다.

얼마 전 죠비타 아주머니의 딸 버지니아가 자다가 아래로 굴러떨어져 다쳤다고 했는데, 그 말이 그제야 이해가 되었습니다. 집주인이 사는 모양새도 별반 다르지 않습니다. 그런 집에 죠비타 아주머니 가족을 포함해 셋집이 세 가구나 있습니다. 집주인을 포함해 네 가족, 거의 스무 명 정도가 무너질 것 같은 판잣집에서 살고 있습니다.

죠비타 아주머니께 여기서 살고 싶은지, 아니면 다른 곳으로 이사 가고 싶은지 물어봤습니다. 이 집을 수리하자면 거의 4만 페소(백만 원)도 더 들 것 같았기 때문입니다. 그 돈이면 죠비타 아주머니의 새집을 가질 수 있다고 알려 드렸습니다. 그래도 이곳에서 함께 살고 싶답니다. 그러더니 소원 한 가지를 더 말했습니다. 조그만 화장실을 갖고 싶다고 합니다. 소원을 들어드리겠다고 했더니 아기처럼 좋아합니다. 덕분에 공사비가 더 들게 생겼습니다.

건축 재료와 인건비가 포함된 견적이 3만 5천 페소(87만 5천 원)가 나왔습니다. 목수 세 명이 하루 1인당 3백 페소(7,500원)에 일주일만 작업하면 되겠다고 했습니다. 그런데 목수 셋이 닷새나 더 일을 했습니다.

덕분에 네 가족이 행복하게 되었습니다. 죠비타 아주머니의 아들이 늦게야 고맙다고 인사를 합니다.

개별적이고 구체적이고 인격적으로 어려운 이웃의 곁에 있어 주면서 조금만 거들어 드리면 놀랍게도 공동체가 형성되기 시작합니다. 죠비타 아주머니네가 사는 집은 셋집이 아니라 서로 돕고 배려하고 사는 작은 공동체가 되어 버렸습니다.

엄마의
마음

　엄마 마음이 언제 가장 아플까요? 처음 BMBA 마을을 방문했을 때 지붕도 없는 집에서 아홉 식구가 사는 모습을 봤습니다. 갓난아기를 안고 있는 엄마는 넋이 나간 듯했고요. 바로 옆에 다섯 살 난 사내아이 롬멜은 뎅기열에 걸려서 사경을 헤매고 있었답니다. 지붕이나마 올릴 수 있도록 작은 도움을 주었습니다. 얼마 후 롬멜은 민들레 데이케어센터에 나왔답니다.

　필리핀 민들레 국수집에 오는 아이의 가족이면 누구나 와서 식사를 할 수 있도록 한 뒤로 국수집이 동네 잔칫집처럼 북적이는 건 좋은데 덩달아 가슴 아픈 광경을 자주 봐야 했습니다. 먹을 것이 없어서 온 가족이 점심 한 끼를 때우려고 오는 모습과 아픈 아기를 끌어안고 어쩔 줄 모르는 엄마들을 보는 것입니다.

제대로 먹지 못하고 씻지 못하는 열악한 환경이라 아기들이 아픈 경우가 많습니다. 아기가 곧 죽을 것 같은데도 엄마는 멍하니 바라보기만 할 뿐입니다. 수두에 걸려서 열꽃이 피었는데도 속수무책입니다. 몇천 원이 없어 병원이나 약국에 갈 생각조차 못합니다.

그러다가 마지막에 아기를 안고 민들레 국수집을 찾아옵니다. 엄마들을 모아 놓고 당부했습니다. 아기가 아프면 먼저 약국이나 병원에 가서 치료비가 얼마나 드는지 알아본 다음에 민들레 국수집으로 찾아오라고 했습니다. 대부분의 경우 백 페소(2,500원)나 2백 페소(5천 원), 많아야 7백 페소(17,500원) 정도입니다. 신기하게도 약을 먹으면 아기들은 금세 좋아집니다. 약을 거의 먹어 보지 않았기에 그런 것 같습니다.

어제는 우리 장학생인 벤자민의 엄마가 벤자민 동생을 안고 찾아왔습니다. 처방전을 보여 줍니다. 수두에 걸렸습니다. 온몸에 수두 꽃이 피었습니다. 약국에 가서 약값이 얼마인지 알아오라고 했습니다. 얼마 후에 왔습니다. 2백 페소랍니다. 약값을 드렸더니 약을 사 오고 영수증도 가져와서 보여 줍니다. 몇 번이고 고맙다고 합니다.

필리핀으로 간 민들레 국수집

159

우리 장학생인 짐보이 가르시아의 엄마가 아기 벌린을 안고 찾아왔습니다. 예쁜 아기 귀 옆에 종기가 났습니다. 벌써 2주일이나 아팠다고 합니다. 병원에 가볼 엄두도 못 내고 그저 아기를 껴안고만 있습니다. 아기를 데리고 병원에 가서 진찰을 받고 치료비가 얼마나 되는지 알아서 오라고 했습니다. 병원을 다녀와 걱정이 가득한 얼굴로 치료비가 687페소(17,175원)이라고 합니다. 700페소를 드렸습니다. 그리고 치료비와 약값 영수증을 가져오시라고 했습니다.

한참 후 벌린 엄마가 약봉지를 들고 찾아왔습니다. 740페소(18,500원)나 들었답니다. 영수증을 받고 40페소를 더 드렸습니다. 그리고 아기 과자 사주라고 20페소를 드렸습니다. "살라맛 뽀(감사합니다)!" 고마운 마음이 얼굴에 가득합니다.

유치부 아기 엄마가 딸의 종아리를 보여 줍니다. 피부병입니다. 마침 가져온 피부질환 치료제인 카네스텐 연고가 있어서 드렸습니다.

페이스 자파타는 민들레 국수집 장학생입니다. 청력이 약해서 보청기를 맞춰야 하는데 거의 2만 페소(50만 원)나 합니다. 가난한 엄마 아빠는 그 돈을 마련할 길이 없습니다. 겨우겨우 시청으로부터 5천 페소(12만 5천 원)를 지원받을 수 있게 되었습니다. 나머지 1만 5천 페소(37만 5천 원)는 본인이 마련해야 합니다. 올해 봄까지 기한이 명시되었습니다.

2014년에 고마운 분의 도움으로 페이스의 한쪽 귀에 보청기를 해줄 수 있었습니다. 귀가 들리니 페이스의 얼굴에 자신감이 붙기 시작했습니다. 이제 나머지 한 쪽도 보청기 시술을 받아야 합니다. 4천 페소(10만 원)가 있어야 합니다. 그렇지만 이 가족은 이 돈마저 마련할 길이 없습니다. 이 소식을 들은 태국의 고마운 교포분이 4천 페소를 보내 주셨습니다. 살라맛 뽀!

오죽 급하면 엄마가 아픈 아기를 데리고 말도 통하지 않는 이방인에게까지 와서 도움을 청할까 싶어서 조금씩 도와드리고 있습니다. 우리 돈으로 몇천 원이 없어 치료를 받지 못하는 아기를 보면 마음이 아픕니다. 또 머리에 부스럼이 난 아이들을 보면 고기 한 조각이라도 먹이고 싶습니다. 의사가 되었으면 참 좋았겠다 싶습니다.

오늘 우리 아이들에게 해주는 반찬은 돼지고기 시니강(필리핀 전통 수프)입니다. 고기 한 점이라도 더 먹이고 싶습니다. 그러면 아이들 머리의 부스럼이 없어질 것입니다.

필리핀에서도
본업 사수

아시는 분은 아시겠지만 저의 본업은 교도소 사목입니다. 수도원 시절부터 계속 해왔던 일이지요. 필리핀에 가서도 교도소와 유치장을 찾았습니다. 필리핀 민들레 국수집을 열 장소를 물색하기 위해 2013년 8월 필리핀을 찾았을 때, 세 곳의 교도소와 한 곳의 유치장을 방문했습니다.

말라본 시티 교도소는 570여 명이 수감되어 있는데, 한 방에 3층으로 재소자들이 수용되어 있었습니다. 갇혀 있는 사람이 설 수 없는 높이입니다. 엉거주춤 구부리고 있습니다. 나보타스 시티 교도소는 470여 명이 수용되어 있는데 우리나라 교도소로 치면 20명 정도 수용될 방에 120여 명이 3층으로 서지도 눕지도 못하고 쪼그린 채 앉아 있었습니다. 잠은 어떻게 자느냐고 물어봤더니, 눕지도 못하고 그저 앉아서 눈 감고 있으면 자는 것이라 합니다. 칼로오칸 교도소는 1,270여 명이 수용되어 있는데 줍기는 마찬가지였습니다.

칼로오칸 교도소 내에는 빵 공장이 있었습니다. 베로니카가 재소자들에게 빵을 하나씩 선물하고 싶다고 해서 모두 놀랐습니다. 함께 동행하신 필리핀 요셉의원 최영식 신부님께서 지갑을 털어 천 페소를 내놓으셨습니다. 베로니카가 계산을 했더니 3,600페소 정도입니다. 우리 돈으로 10만 원이 조금 넘는 금액입니다.

경찰서 유치장은 더욱 참혹했습니다. 교도소에 수감되면 밥이라도 먹을 수 있습니다. 하지만 유치장은 예산이 지원되지 않아서 개인 돈이 없으면 그냥 굶어야 합니다. 좁은 방 두 개에 48명이 갇혀 있었는데, 배고픈 이들이 너무 많았습니다. 그중에 가족과 연결되지 못한, 돈 한 푼 없는 사람이 27명이나 된답니다. 그 사람들은 옆 사람의 밥을 얻어먹든지 굶든지 해야 합니다.

밥이라도 한 끼 사 드시라고 후원금을 드렸더니, 수형자 대표가 부탁했습니다. 자신들은 질보다 양이 중요하다면서, 밥 한 끼 잘 먹기보다는 이 돈으로 쌀을 살 수 있게 허락해 달라고 합니다. 반찬도 없는데 괜찮은

지 물어보았습니다. 소금물에 찍어서 먹으면 된다고 합니다.

2015년 2월에 칼로오칸 교도소를 베로니카와 함께 방문했습니다. 세 번째 방문입니다. 지난번에는 필리핀 교정사목 봉사자들의 도움을 받았는데, 이번에는 무작정 찾아갔습니다. 말도 통하지 않는데도 손짓 발짓하면서 교도소 소장님께서 직접 친절하게 안내해 주셨습니다. 준비해 간 비누와 치약을 전했고, 교도소 내 빵 가게에서 빵을 사서 재소자 전원에게 나누어 드렸습니다.

그리고 재소자 백 명에게 2백 페소(5천 원)씩 영치금을 드리고 싶다고 했더니 교도소 소장님께서 할 수 있으면 2백 명에게 백 페소(2,500원)씩 나눠 주는 게 더 큰 도움이 된다고 하여 그렇게 했습니다. 교도소 직원들에게도 준비해 간 선물을 전해 드렸습니다. 참 고마워합니다. 전화번호부 책으로 만든 배 모형을 선물 받았습니다.

그리고 칼로오칸 경찰서 유치장도 방문해 쌀 100킬로그램을 나눴습니다. 다음 달부터는 이곳 유치장에 매달 쌀 50킬로그램을 지원하려 합니다. 유치장 담당 경찰관이 몇 번이나 고맙다고 인사했습니다. 배고픈 이들이 너무나 많은데, 덕분에 이젠 덜 배고프겠다고 합니다. 나중에는 반찬도 도와드리고 싶습니다. 얼마나 맛있게 드실까요. 그 모습을 상상만 해도 마음이 좋습니다.

보답할 길이 없는 이들에게 따뜻하게 다가가는 것은 얼마나 가슴 뛰는 일인지요!

필리핀 민들레 국수집의
첫 자원봉사자

죠슬린 할머니는 예순다섯입니다. 할머니라고 할 나이가 아닙니다만 치아가 하나도 없고 고생을 많이 해서인지 할머니처럼 보입니다. 또 손자들이 많아서 할머니입니다. 큰손자가 벌써 고등학생입니다.

BMBA 마을에 큰 불이 나기 직전에 죠슬린 할머니의 딸이 아기를 낳다가 그만 하늘나라로 갔습니다. 젖먹이 손자와 사위까지 할머니가 돌봐야 합니다. 다행스럽게 작은딸이 있어서 엄마 잃은 아기를 돌봐 줄 수 있었습니다. 그런 와중에 불이 나서 집이 홀랑 타버렸습니다.

큰아들은 장가를 가지 못했고, 다행히 작은아들은 결혼을 해서 살림을 차렸습니다. 마을에서 조그만 구멍가게를 했습니다. 작은아들네 집은 화재 피해가 적었지만 가난한 살림에 가족들을 돌보느라 그만 장사 밑천까지 다 날려 버렸습니다. 그래서 불이 난 후에는 빈 가게였습니다. 그러니 살림살이가 더 어려워졌습니다.

디비소리아 재래시장에서 짐꾼으로 일하는 남편은 간이 좋지 않아서 아픈 날이 더 많습니다. 불타 버린 집터에 다시 집을 지으려고 했지만 겨우 각목으로 뼈대만 만들어 놓고 재료 살 돈이 없어서 하늘만 쳐다보고 있었습니다.

많은 사람들이 이구동성으로 어려운 이웃을 도와주려면 죠슬린 할머니네를 도와주면 좋겠다고 했습니다. 주변 분들의 이야기를 듣고 죠슬린 할머니 집으로 가봤습니다.

세상에! 각목으로 겨우 뼈대만 만들어 놓았습니다. 지붕도 벽도 바닥도 없습니다. 굵은 각목도 아닙니다. 재료를 사드리면 남편과 아들과 사위가 일을 할 수 있다고 합니다. 두 번에 걸쳐서 재료를 사드렸고 마침내 일곱 식구가 살 수 있는 조그만 단칸방 판잣집이 완성되었습니다.

죠슬린 할머니는 언제나 민들레 국수집에 와서 허드렛일을 찾아 자원봉사를 성의껏 해주셨습니다. 제가 동네를 방문할 때면 기꺼이 안내를 해주셨습니다.

필리핀으로 간 민들레 국수집

2014년 10월입니다. 베로니카가 죠슬린 할머니께 소원이 무엇인지 물어봤습니다. 작은아들네가 구멍가게를 다시 할 수 있으면 좋겠다고 합니다. 베로니카가 5천 페소(12만 5천 원)를 도와드렸습니다. 그걸 장사 밑천으로 다시 가게를 시작했습니다.

틈틈이 빵과 사탕 등 물건을 더 살 수 있도록 도와드렸습니다. 손님들과 마을에 방문할 일이 있으면 그 가게에서 물건을 사서 마을 아이들에게 나누어 주곤 했습니다. 지난 2월에는 큰 슈퍼마켓에 가서 모자란 물건들을 충분히 사서 가게를 채워 드렸습니다. 이제는 가게가 제대로 자리를 잡았습니다. 가족들이 장사를 잘하는 모습을 보는 것은 기분 좋은 일입니다.

죠슬린 할머니의 얼굴 표정이 점점 밝아졌습니다. 올해부터는 정식으로 민들레 국수집 주방에서 일하실 수 있도록 채용을 했습니다. 주방 보조로 참으로 열심히 일하십니다. 이젠 좀 살 만하다 싶었습니다. 아픈 남편만 몸을 추스르면 걱정거리도 없을 것 같았습니다. 그런데 지난달에 아프던 남편이 하늘나라로 갔습니다. 무사히 장례를 치를 수 있도록 도와드렸습니다.

그런데 기침을 많이 하셔서 모니카가 죠슬린 할머니를 모시고 병원을 다녀왔습니다. 병원비가 부담스러워 가지 않으려는 분을 억지로 모시고 다녀왔답니다. 할머니는 결핵이면 어쩌나 걱정이 태산입니다. 진료비 걱정, 약값 걱정을 합니다.

검사 결과 결핵 초기로 판명이 났습니다만 한 달 후에 다시 검사를 해봐야 정확하게 알 수 있을 것 같다고 합니다. 결핵 약값과 비용은 민들레 국수집에서 도와드리겠다고 했습니다.

죠슬린 할머니가 놀라셨나 봅니다. 결핵 판정에 그만 자리에서 일어나질 못하시고, 손녀 안젤린을 대신 국수집에 보냈습니다. 다행히 재검사에서는 결핵이 아닌 것으로 나왔습니다.

가슴에 품은
치킨 한 조각

필리핀 민들레 스콜라십 모임이 있던 날, 초등학생만 데리고 근처의 '졸리비' 매장으로 출발했습니다. 졸리비는 맥도날드나 롯데리아와 비슷한 패스트푸드 체인점입니다. 필리핀에서는 제일 많은 체인점 같습니다.

지프니를 타고 졸리비로 갔습니다. 100여 명의 병아리 같은 아이들이 얼마나 좋아하는지요! 치킨 한 조각과 밥 한 덩어리 그리고 콜라 한 잔에 기뻐서 어쩔 줄을 모릅니다.

그런데 에덴이 치킨 한 조각을 종이에 싸서 가슴팍에 넣는 것을 보았습니다. 에덴은 밥과 콜라만 먹었습니다. 에덴은 2006년생 여자아이입니다. 나중에 에덴에게 왜 치킨을 먹지 않고 가슴에 숨겼는지 물어봤습니다. 배가 불러서랍니다.

왜 그랬는지 솔직하게 이야기하면 치킨 도시락 하나를 선물로 주겠다고 했습니다. 에덴은 그제야 털어놓았습니다. 함께 사는 이모에게 맛있는 치킨을 선물해 주고 싶어서 그랬답니다. 에덴의 이모는 다리를 절단한 장애인입니다. 그 이모가 어린 에덴을 잘 돌보아 준 모양입니다.

오후 늦게 에덴네 집을 방문했습니다. 조그만 집에 일곱 가족이 삽니다. 에덴네는 오빠와 올케가 공장에서 버는 수입으로 근근이 살아갑니다. 에덴의 아빠는 에덴이 태어났을 때 문틴루파 감옥에 갇히게 되었답니다. 1년에 한 번 면회를 간다고 했습니다.

에덴의 꿈은 선생님이 되는 것입니다. 오늘 선물 받은 새 책가방을 보여 줍니다. 전에 쓰던 다 떨어진 책가방도 보여 줍니다. 얼마나 공부를 잘하는지, 시험지도 보여 주었습니다. 다 틀린 시험지입니다. 의아해하니 통역해 주는 분이 이곳에서는 한국에서 틀렸다는 표시가 정답이고, 동그라미가 틀린 답이라고 알려 주었습니다.

에덴의 시험지는 거의 10점 만점 아니면 9점입니다. 정말 나중에 선생님이 될 수 있을 것 같습니다. 학교에서 2, 3등을 한답니다. 이렇게 마음 착한 아이들이 우리 민들레 국수집 아이들입니다.

필리핀으로 간 민들레 국수집

겨우 열 살인 짐보이가 스스로 화장실 청소를 합니다. 얼마나 정성스럽게 청소하는지 놀랍습니다. 비누로 싹싹 닦아서 냄새도 없습니다. 그렇게 청소를 마치면 꼼꼼하게 자기 손을 비누칠하고 잘 씻습니다. 아홉 살인 제실린과 미카엘라도, 버지니아도 스스로 마당을 쓸고 바닥을 청소합니다.

더욱 놀라운 것은 민들레 데이케어센터입니다. 겨우 서너 살 아기들이 밥을 먹고 스스로 그릇을 치웁니다. 대걸레로 바닥을 닦습니다. 빗자루로 쓸기도 합니다. 아홉 살 먹은 어린 학생이 동생을 엄마처럼 돌봅니다.

새롭게 피어나는
민들레 아이들

아이들이 변하는 모습은 놀랍습니다. 부스럼이 없어진 것은 물론이요, 볼살이 뽀얗게 올랐습니다. 눈에 띄게 밥 먹는 양도 줄었습니다. 예전에는 과자를 나눠 주면 서로 받겠다고 했는데, 이제는 "메론 뽀(됐어요)" 하며 다른 아이에게 나눠 주라고 합니다.

우리 아이들이 제일 좋아하는 간식 중 하나가 땅콩입니다. 땅콩을 삶아서 간식으로 한 대접씩 나누어 주었습니다. 놀랍게도 아이들이 땅콩을 까서 옆의 친구에게 서로 먹여 줍니다. 혼자 먹겠다고 욕심 부리지 않고 서로 나눠 먹습니다. 아니 옆의 친구에게 주는 것을 더 좋아합니다. 정말 놀랍습니다.

그뿐이 아닙니다. 2015년 3월, 놀랍게도 우리 아이들이 스물두 명이나 성적 우수상을 받아 왔습니다. 필리핀은 3월에 학년이 끝납니다. 4~5월 두 달 동안 여름 방학을 보내고 6월에 새 학년이 시작되지요.

2014년 처음 만났을 때 필리핀 민들레 국수집 아이들은 공부하는 것을 어려워했습니다. 학교 수업도 따라가기 힘든 형편이었습니다. 영어를 할 줄 아는 아이도 거의 없었습니다. 집중을 잘 못해서 아주 짧은 시간도 차분히 앉아 있지 못했습니다. 그런데 1년도 채 되지 않아 학교에서 우수한 성적을 자랑하기 시작했습니다. 영어 공부도 잘합니다.

처음 아이들은 밥 먹는 것에 온 정신이 팔렸습니다. 어느 정도 배고픔이 채워지자 신나게 놀기 시작했습니다. 그러더니 어느 때부터인가 공부하는 모습을 보이기 시작했습니다. 공부하는 것이 재미있답니다. 그리고 무지개 꿈을 꾸기 시작했습니다.

초등학교 고학년 아이들은 이제 당당하게 자신의 꿈을 말합니다. 고등학교도 다니고 대학을 졸업해서 엄마와 아빠 그리고 형제들을 돕고 싶다고 합니다. 민들레 학교에서 방과 후 공부를 아주 열심히 합니다. 몇명은 벌써 만점을 받기 시작했습니다. 로베르토 선생과 에빌라 선생이 공부 가르치느라 목이 쉴 정도입니다. 아이들이 잘 따라 주니 선생님들

아이들이 변하는 모습은 놀랍습니다.

볼살이 뽀얗게 올랐습니다.

이제 간식을 주면 옆의 친구를 서로 먹여 줍니다.

학교 수업도 따라가기 힘들었던 아이들이 꿈을 꾸기 시작합니다.

도 신이 났습니다.

얼마 전에는 아이들을 데리고 소 알로이시오 몬시뇰(한국 '소년의 집' 설립자)께서 설립한 그리스도 수도회의 구 마태오 수사님을 만나러 갔습니다. 구 마태오 수사님의 안내로 카비테에 있는 보이스 타운과 걸스 타운 그리고 직업훈련학교를 견학했습니다. 이곳은 그리스도 수도회에서 가난한 아이들 6천여 명을 무상으로 먹이고 재우면서 고등학교 전 과정을 가르치는 마을입니다. 우리 아이들이 가슴 가득 희망과 꿈을 품고 돌아왔습니다.

아이들이 민들레 국수집에 오지 않는 날은 토요일, 일요일입니다. 그래서 매달 한 번 토요일에 아이들 부모님을 모시고 장학금을 드립니다. 민들레 국수집 아이들과 부모님들께 공부를 열심히 한다면 고등학교도 대학교도 장학금 지원을 하겠다고 말했습니다. 고등학생이 되면 학생에게 직접 장학금을 주기로 했습니다.

바론은 필리핀 민들레 국수집 출신의 첫 고등학생 장학생입니다. 마닐라에서 상위 1퍼센트에 속하는 영재들만 간다는 아레아노 하이스쿨에 합격했습니다. 한 해에 60명만 선발하는데 그중 한 명이 된 것입니다. 20명씩 세 섹션으로 뽑는데, 두 번째 섹션으로 합격했다고 합니다.

바론의 아버지는 교도소에 수감되어 있고, 엄마는 멀리 다른 나라에서 가정부로 일합니다. 할머니가 시장에서 바나나 행상을 해서 손주 일곱을 키우고 있습니다. 돈을 조금 벌면 쌀 1킬로그램, 작은 생선 0.5킬로그램을 사서 손주들과 끼니를 때웁니다. 굶을 때도 많습니다. 할머니는 손주들 배고픈 것 보는 것이 제일 힘이 듭니다.

바론이 초등학교를 졸업할 때 받은 메달이 세 개나 됩니다. 바론은 그런 어려운 환경에서도 잘 자라서 2015년 6월 영재학교에 입학했습니다. 바론의 두 동생도 얼마 전부터 민들레 국수집에 나오고 있습니다. 장학금도 수여했습니다.

필리핀의 희망은 바로 이 아이들입니다.

필리핀으로 간 민들레 국수집

가난한 이웃들과 더불어 산다는 것, 가난하고 배고픈 사람들과 밥 한 그릇 나눈다는 것은 사실 작은 일들입니다. 저는 작은 일들밖에는 할 줄 아는 게 없습니다. 어떤 때는 술 취한 손님의 주정을 들어 주느라 진이 빠지기도 합니다. 몸은 노곤하지만 마음은 평화롭습니다. 사랑으로 하는 일은 희생도 아니고 고통도 아닙니다. 단지 그렇게 보일 뿐입니다.

03

오직
사랑만이

가난한 사람은
욕심이 많을까?

처음 민들레 국수집을 시작할 때 인원수 제한을 두지 않으면 수많은 사람들이 몰려올 텐데 그것을 어떻게 감당할 수 있을까, 주위 분들이 우려를 표하셨습니다. 몇 년 후 민들레 국수집 식당을 조금 넓히면서 뷔페식으로 손님들이 직접 접시에 음식을 담아 드시게 할 때도 배고픈 사람들에게 맡기면 반찬을 어떻게 감당하려 하느냐는 말을 들었습니다.

필리핀에다 민들레 국수집을 열 때는 배고픈 아이들은 누구든지 오라고 한다면 구름처럼 가난한 아이들이 몰려올 텐데 그것을 어떻게 감당할 수 있느냐고 했습니다. 그래서 마음 아프지만 민들레 국수집을 꾸준

하게 운영하기 위해서는 인원에 제한을 두고 해야 한다는 것입니다. 가난한 사람이 벌떼처럼 몰려올 것이라고 걱정합니다.

과연 그럴까요? 가난한 사람이 과연 욕심이 많을까요?

굶기를 밥 먹듯 하는 사람이 있습니다. 밥 먹을 기회가 되면 몇 번을 먹습니다. 짜게 먹기도 합니다. 그래야 배고플 때 물로 배를 채울 수 있기 때문입니다. 노숙하시던 예수님도 VIP 손님과 비슷했습니다. 별명이 '먹보요 술꾼'이라는 비난을 들었습니다.

민들레 국수집에서 그런 분을 많이 봅니다. 정말 많이 드십니다. 그런데 언제나 배고플 때 식사를 할 수 있다는 것을 몸이 받아들이면 그때부터 정상적인 식사를 하십니다. 품위를 지키십니다. 하루에 세 끼를 먹을 수 있으면 절대로 과식하지 않습니다.

그런데 내일 아침 끼니가 보장되지 않으면, 언제 또다시 밥을 먹을 수 있을지 알 수 없다면 몸은 본능적으로 최대한 많이 먹어 두려고 합니다. 그러면 사람들은 그런 모습을 보고 음식에 너무 욕심을 많이 낸다고 비난을 합니다. 그렇게 많이 먹으니 살이 찌고 당뇨병에 걸리게 된다고 비난합니다.

민들레 국수집을 찾는 손님들은 언제나 식사를 할 수 있다는 것을 알고 더는 욕심내지 않습니다. 제한을 두지 않는다고 구름처럼 몰려오는 일도

오직 사랑만이

없습니다. 오히려 나보다 더 배고픈 사람이 먹을 수 있도록 양보합니다.

뷔페식으로 음식을 차려 놓으면 돈 내고 뷔페를 먹는 사람들과 달리 욕심 부릴 줄 모릅니다. 다음 사람도 먹어야 한다면서 양보합니다. 조금 남은 반찬은 양보하느라 가져가질 않아서 제가 좀 설거지를 할 수 있도록 그 반찬을 드셔 달라고 사정을 해야 합니다.

필리핀에서도 마찬가지였습니다. 아이들도 처음에는 두세 번 밥을 더 먹었습니다. 많게는 다섯 번이나 밥을 더 먹는 아이도 있었습니다. 요즘은 식사 전 기도를 한 다음에 밥을 덜 사람 손들라고 합니다. 밥을 덜어 내는 아이들이 많아졌습니다. 두 번 먹는 경우는 거의 없습니다.

얼마 전부터는 공동묘지와 거리에서 생활하는 가족들을 대상으로 식사를 대접하기 시작했습니다. 1년 전 우리 아이들이 그랬듯, 밥을 먹고 또 먹었습니다. 하지만 그분들도 달라질 거라 생각합니다. 욕심이 많아서는 가난하게 살기가 참으로 힘겹게 되기 때문입니다.

가난한 사람이 가난을 나누면 모두가 행복하게 됩니다. 하느님이 가난한 사람들 틈에 계시기 때문에 그렇습니다.

새 희망이
피었습니다

급히 마련한 민들레희망센터가 공간이 좁아서 어려움이 많았습니다. 빨래가 돌아가는 동안 기다릴 곳이 없어 계단에 나와 앉아 있는 분들을 보면 마음이 아팠습니다. 그런데도 불평하기보다는 오히려 고마워하며 이용하시는 모습을 보며, 올해는 어떻게 해서라도 우리 VIP 손님들을 위한 민들레희망센터를 제대로 만들어야겠다고 마음먹었습니다. 바티칸 교황청의 광장에 마련된 노숙인 샤워시설보다 훨씬 좋은 민들레 희망센터를 만들겠다고 결심했습니다.

민들레꿈 어린이밥집에서 조금 떨어진 곳에 있는 아담한 주택을 진작

오직 사랑만이

183

부터 점찍었습니다. 부동산중개업소에 매매 계약을 하려고 갔더니, 놀랍게도 우리 손님 한 분이 들어왔습니다. 세상에! 그분은 참 교양이 있는 VIP 손님이셨습니다. 간혹 달걀 한 판을 들고 오시기도 했습니다.

부친이 돌아가신 후 혼자서 집에서 밥을 해 먹을 수가 없었답니다. 민들레 국수집에 와서 식사를 하며 겨우 살았다고 합니다. 정신적인 문제로 정상적으로 살기가 어려운 상황이라, 본인이 장남이지만 동생이 자신을 보살펴 주는 조건으로 집을 상속받게 했다고 합니다. 동생 또한 아직 결혼을 못 했다고 했습니다. 앞으로 여기에 민들레희망센터를 열겠다고 했더니, 당신도 이용할 수 있는지 물어봅니다. 대환영이라고 했습니다. 그렇게 매매 계약을 했습니다.

많은 분들이 십시일반 도와주셨습니다. 꼴베 형제는 교도소에서 25년 넘게 살면서 일해 번 돈 중에서 3백만 원이나 민들레희망센터에 보태라고 주었습니다. 조 데레사 자매님, 펠릭스 형제님, 아우구스티노 형제님, 김연봉 님, 이수진 님, 바오로딸 수녀원, 용인 동백성당 신부님 등등 너무나도 좋은 분들이 십시일반으로 도와주셨습니다. 그래서 중도금까지 잘 치렀고, 대출을 받아 잔금도 치렀습니다.

이일훈 선생님이 이번에도 변함없이 민들레희망센터 리모델링 디자인을 맡아 주셨습니다. 공부방에 이어 민들레희망센터도 인테리어업자

새 민들레희망센터는 2009년부터의 운영 체험을 바탕으로
우리 손님들에게 좀 더 도움이 될 수 있게 변했습니다.
새 희망이 피었습니다.

의 도움을 받지 않고 베로니카가 민들레 식구들의 협조를 얻어서 직영으로 수리를 했습니다.

참으로 힘들었습니다. 베로니카는 몸살이 났습니다. 파란만장, 우여곡절, 새옹지마 끝에 드디어 집수리가 끝나고 2015년 10월 28일 오전 11시 김영욱 신부님의 주례로 축복미사를 드렸습니다. VIP 손님들께는 미사가 끝나고 갈비탕을 대접했습니다.

새 민들레희망센터는 2009년부터의 운영 체험을 바탕으로 우리 VIP 손님들에게 좀 더 도움이 될 수 있게 변했습니다. 민들레희망센터 대문을 열고 들어오면 곧바로 발을 씻을 수 있는 세족실이 오른쪽에 있습니다.

그런 다음 1층 현관으로 들어오면 책을 읽을 수 있는 도서관과 컴퓨터실, 치과 진료실, 약방, 민들레 진료소를 열 수 있는 작은 다목적 홀이 있습니다. 여기서 강의도 할 수 있고, 모임도 할 수 있습니다. 그리고 상담을 할 수 있는 사무실이 있습니다. 민들레 가게도 이곳으로 옮겨 왔습니다.

2층에는 샤워실과 세탁실 그리고 수면실과 휴게실이 있습니다. 그리고 옥상에는 빨래 건조대가 있고요. 담배 피울 수 있는 공간도 있답니다.

옥상 화분에는 아카시아 나무를 심었습니다. 처음에는 라일락 나무를 심으려고 했습니다. 우리 손님들도 라일락처럼 좋은 향기를 이웃에게 주는 사람이 되었으면 해서요. 그런데 이일훈 선생님이 아카시아(아까시)

나무를 심으면 좋겠다고 했습니다. 아카시아 나무와 우리 손님의 처지가 비슷하다는 것입니다.

아카시아 나무는 경제성이 없다는 이유로 베어 없애 버려야 할 나무로 천대받고 있지만, 실은 어떤 나무보다도 이산화탄소 흡수량이 높다고 합니다. 뛰어난 공기정화 능력을 가졌을 뿐 아니라 단단하고 무거워 해외에서는 특수 목재로 인기라고 합니다.

그래서 라일락 대신 아카시아 나무를 심기로 했습니다. 그런데 문제가 생겼습니다. 화원에 부탁했더니 아카시아 나무 묘목을 구할 수가 없답니다. 산이나 들에 지천으로 보이는 게 아카시아 나무인데 말입니다. 결국 영종도에 가서 산에서 묘목을 캐 왔습니다.

공교롭게도 아카시아 나무가 처음으로 심긴 곳이 인천이라고 합니다. 토양을 기름지게 하는 데 큰 도움이 되었답니다. 우리 VIP 손님들도 그런 삶을 살았으면 좋겠습니다. 아카시아처럼.

오직 사랑만이

사랑은
수고를 모릅니다

가난한 이웃들과 더불어 산다는 것, 가난하고 배고픈 사람들과 밥 한 그릇 나눈다는 것은 사실 작은 일들입니다. 저는 작은 일들밖에는 할 줄 아는 게 없습니다. 그래서 아주 작은 저의 하루를 정성스레 살아가려고 애쓸 뿐입니다.

민들레 국수집의 문을 열기 한 시간 전쯤 국수집에 도착합니다. 쌀을 씻어 안쳐 놓고, 국을 끓일 준비를 합니다. 그런 다음에 식탁을 깨끗하게 닦아 놓고 반찬을 손님들이 기분 좋게 드실 수 있도록 차려 놓습니다. 여름철에는 반찬 냉장고에다가 차려 놓습니다. 그래야 우리 손님들이 맛있게 식사를 하실 수 있기 때문입니다.

그런 다음 국이 끓으면 간을 맞춥니다. 한소끔 더 끓인 후에 불을 끄고 맛있게 끓여진 큰 솥의 국을 작은 국통에 옮겨 담아 휴대용 가스레인지 위에 올려놓습니다. 그래야 우리 손님들이 항상 따뜻하고 맛있는 국을 드실 수 있기 때문입니다. 오래 노숙을 하신 분들은 처음에는 뜨거운 국을 먹기 불편해하시다가, 나중에는 좋아하게 됩니다.

그러면서 틈틈이 밖을 살펴봅니다. 혹시 우리 손님들이 오시지 않았는지 봐야 합니다. 민들레 국수집의 VIP 손님들은 너무나 겸손해서 당당하게 들어오는 것이 쉽지 않습니다. 혹시나 문이 열려 있을까 슬쩍 곁눈질했다가 자기를 반겨 주지 않으면 그냥 지나쳐 가버리기 때문입니다.

언제든지 시간이 되었을 때 찾아오면 식사할 수 있다는 것을 아시는 손님들은 미리 오는 경우가 거의 없습니다. 그런데 때때로 한두 시간 전에 국수집 주변에서 서성대는 분들이 있습니다. 문을 여는 시간이 이삼십 분 남았는데도 오시는 손님들이 있습니다.

이런 분들은 거의 대부분 이삼 일 굶었거나 아니면 전날 저녁도 못 드신 분들이기 때문에 되도록 먼저 식사를 할 수 있도록 상을 차려 드립니다. 미처 국이 준비되지 않으면 국이 없더라도 아침을 드시게 합니다.

이렇게 시작하는 민들레 국수집의 하루는 오후 5시에 끝이 납니다. 그

오직 사랑만이

작고 보잘것없는 일들로 민들레 국수집의 하루가 바쁘게 지나갑니다.
사랑으로 하는 일은 희생도 아니고 고통도 아닙니다.
다만 그렇게 보일 뿐입니다.

런데 5시가 넘어서 뛰어오시는 분들도 있습니다. 그러면 간단하게라도 식사를 하실 수 있도록 해드립니다. 시간이 지났다고 그냥 떠나시게 한다면 다음 날까지 굶어야 하기 때문입니다. 대개는 오후 6시쯤 되어야 문을 닫을 수 있습니다.

민들레 국수집에는 봉사자들도 자유롭게 와서 도와줍니다. 봉사하시는 분들에게 의무적으로 어느 요일에 오시라고 강요하지 않습니다. 또 몇 시간 동안 봉사해 달라고 청하지도 않습니다. 정해지지 않았기 때문에 오늘은 어떤 고마운 분이 오실까 마음이 설렙니다.

고마운 봉사자가 많이 계신 날에는 김치도 담그고, 손이 많이 가는 반찬을 특별하게 만들기도 합니다. 봉사자가 없는 날에는 식사하러 오셨던 VIP 손님들이 거들어 줍니다. 국수집이 좁아서 밖에서 채소를 다듬고 있으면 지나가던 동네 분들이 거들어 주십니다. 요즘은 출소한 콜베 형제와 스테파노 형제가 매일 나와 도와주니 얼마나 든든한지 모릅니다.

민들레 국수집에서는 손님들이 직접 자신의 밥과 반찬을 접시에 담아서 자유롭게 드십니다. 국은 항상 작은 국솥에서 뜨겁게 데워져 있어서 조금 위험합니다. 그래서 손님이 원하시는 만큼 봉사자가 담아 드립니다. 국을 차려 드리면서 손님들이 편하게 식사할 수 있도록 시중을 듭니다. 물도 따라 드리고, 식탁도 항상 깨끗하게 닦아 드립니다. 치아가 부

오직 사랑만이

191

실해서 제대로 못 드시면 가위로 잘게 썰어 드리기도 합니다.

몇 분의 손님들께는 봉사자가 식사를 차려 드립니다. 다리가 불편한 분과 거동이 어려운 할머니들, 약간 정신 장애가 있는 분들과 술에 취한 손님들은 따로 보살펴 드려야 하기 때문입니다.

이처럼 작고 보잘것없는 일들로 민들레 국수집의 하루가 바쁘게 지나 갑니다. 어떤 때는 술 취한 손님의 주정을 들어주느라 진이 빠지기도 합 니다. 몸은 노곤하지만 마음은 평화롭습니다. 사랑으로 하는 일은 희생 도 아니고 고통도 아닙니다. 단지 그렇게 보일 뿐입니다.

외로움을 자초한
우리의 삶

안녕하세요. 저는 이 세상에 혼자 이렇게 아무 살 가치도 느끼지 못하고 이제 삶을 정리하려 합니다. 님의 봉사를 보고 많이 느꼈는데도 불구하고 이젠 돌이킬 수도 없는 강을 건너온 사람처럼 어디 말할 곳도 없는 내 신세가 한탄스럽습니다. 아무것도 없네요. 가족도, 친구도, 잘 곳도, 갈 수 있는 곳도. 아무 데도, 그 무엇도 저를 원하지 않네요.

예전엔 정말 남부럽지 않게 살았으며 여유가 있다면 봉사 활동도 하며 살았었는데 이제 와서 생각하면 얼마나 어리석었는지 피눈물 나게 후회합니다. 아무리 발버둥 쳐도 헤어날 수 없는 개미 무덤 속으로 들어가는 것이

오직 사랑만이

지금 제 모습입니다. 이제 저항도 없이 깊숙한 땅 밑으로 들어가고 있습니다. 혼자 숨어 지내는 것도 2년이 다 되어 가네요. 휴~ 님처럼 살아간다면 분명 웃으면서 하루하루를 살아가는 의미 있는 삶이겠지만 저는 그런 삶과는 반대로 살아가는 동물인 듯싶습니다.

도와 달라고 하고 싶어도 그 누구에게도 도와 달라고 얘기할 수 없네요. 아니, 내 주위에는 아무도 없네요. 이렇게 만든 것도 저인데 누구한테 도와 달라고 얘기하겠습니까? 가족도 저를 버리고 친구도 저를 버리고…… 이 모든 상황을 제가 만들었네요. 에휴~ 도와주세요ㅜㅜ

민들레 국수집을 찾아와서 허기진 배를 채우는 우리 손님들의 한탄입니다. 우리 손님들은 거의 따로따로 찾아옵니다. 함께 일행으로 오는 분은 거의 없습니다. 식사하러 오신 손님들 중에 절반 정도는 모자를 쓰고 있습니다. 절대로 벗는 법이 없습니다.

식탁이 비어 있을 때는 손님이 앉고 싶은 자리에 앉습니다. 여섯 분까지는 한 식탁에 한 분씩 앉아서 식사합니다. 그런데 그다음에 들어오시는 손님은 식탁을 혼자 차지하는 호사를 누리지 못합니다. 그러다가 손님이 꽉 차버리면 어느 곳이건 빈자리에 앉아서 식사를 합니다. 그런데 서로 대화를 나누는 사람은 거의 없습니다.

국수집이 손님들로 대만원입니다. 자리가 빌 틈이 없습니다. 그런데도 절간처럼 조용합니다. 오로지 수저 뜨는 소리만 들립니다. 옆과 앞에 있는 이웃이 이웃으로 보이질 않습니다. 오로지 자신이 먹는 밥과 반찬에만 집중하고 있습니다. 왜 이렇게 처절하게 외롭게 되어 버렸을까 생각해 봅니다.

이웃은 경쟁 상대였습니다. 내가 살기 위해서는 이겨야만 했습니다. 이웃이 잘되면 부럽습니다. 질투의 대상이었습니다. 이웃을 칭찬하는 것처럼 하면서 험담을 하기 일쑤였습니다. 아무런 대가를 바라지 않고 이웃을 돕는 것은 바보 같은 짓으로만 여겼습니다. 남을 도울 때는 이익을 바라고만 도왔습니다. 이런 것을 교도소에서는 '코걸이'라고 합니다.

작은 미끼로 물고기를 낚는 것과 비슷합니다. 미끼를 물었다가는 순식간에 모든 것을 빼앗기고 죽게 됩니다. 이렇게 우리는 경쟁하면서 살았습니다. 그러다가 자기도 모르는 사이에 세상을 지옥으로 만들어 버렸습니다. 혼자만 사는 곳이 지옥입니다. 우리는 이렇게 혼자가 되어 버렸습니다. 성공해도 혼자입니다. 실패해서 노숙을 해도 혼자입니다.

노숙하는 사람들이 어떻게 다시 살아갈 수 있을까 생각합니다. 이웃을 만날 때 가능할 것 같습니다. 이겨야만 했던 사람이 형제가 되고 자매가 되어야 합니다. 코걸이의 대상이 아니라 나보다 더 귀한 사람으로

오직 사랑만이

195

보여야 합니다. 그럴 때 우리는 평화스럽게 세상을 살아갈 수 있을 것입니다.

이웃이 너무도 사랑스럽게 보여서 자기의 귀한 모든 것을 내어 주고도 더 못 줘서 안타까울 때, 그때 우리는 지상에서 천국을 살게 될 것입니다.

저 사람과
무슨 관계세요?

예수님께서 그들에게, "누가 내 어머니고 내 형제들이냐?" 하고 반문하셨다. 그리고 당신 주위에 앉은 사람들을 둘러보시며 이르셨다. "이들이 내 어머니고 내 형제들이다. 하느님의 뜻을 실행하는 사람이 바로 내 형제요 누이요 어머니다."(마르 3, 33-35)

민들레 국수집 손님 중에 아픈 분을 모시고 병원에 가면 느끼는 것이 있습니다. 입원수속을 밟을 때 직원이 물어봅니다.

"환자분과는 무슨 관계예요?"

"아무 관계가 아닌데요."

거의 대부분의 사람들은 아무 관계가 없다는 말을 이해할 수 없어 합니다. 아버지도 아니고 형이나 오빠나 동생이 아니고 친척도 아닌데 왜 환자의 보호자가 되기를 자청하는지 이해할 수 없다고 합니다.

"관계가 없으면 보호자가 될 수 없나요?"

이렇게 물으니 이런 경우가 없었다고 합니다. 교도소에 형제들을 방문하러 가도 꼭 물어봅니다.

"무슨 관계이기에 면회를 하려고 하느냐?"

영치금을 넣어 드리려고 해도 물어봅니다. 무슨 관계냐고 묻습니다. 일일이 대답하기 귀찮아서 요즘은 그냥 지인이라고 합니다.

아무 관계도 없으면서 남을 돕는 것이 참으로 희한한 일이 되어 버린 세상에 우리가 살고 있습니다.

민들레 국수집을 찾아오셔서 식사를 하시는 분들을 봅니다. 국수집에 들어오시면서 봉사자들에게 "안녕하세요?" 인사를 합니다. 그런데 우리 손님들이 서로 인사하는 경우는 참 드뭅니다. 모르기 때문입니다. 아니 아무 관계가 없기 때문입니다. 누군지 얼굴을 아는데 이름은 알려고도 하지 않는 것 같습니다. 혼자 식사를 하곤 봉사자들에게 고맙다고 인사하곤 갑니다.

우리 손님들은 한 분 한 분 더없이 착한 분들이 많습니다. 오늘도 어느 손님이 서울에서 오셨습니다. 정신 장애가 있어서 집에서 밥을 해 드실 수가 없습니다. 그런데 어떤 고마운 분이 쌀 20킬로그램를 선물해 줬는데 자기에게는 소용이 없어서 민들레 국수집으로 택배를 보냈다고 합니다.

그런데 마침 돈이 없어서 착불로 보냈다면서 택배비 7천 원을 제게 줍니다. 세상에! 나와 아무런 관계도 없는 남에게서 점 하나 떼어 버리면 님이 되어 버리는 희한한 일을 우리는 체험할 수 있습니다. 남이라는 글자에 점 하나를 지우면 님이 된다는 유행가처럼.

나와 아무런 관계도 없는 사람인데도 불구하고 내가 가진 것을 나눈다면 우리는 아무 관계 없던 사람과 형제 관계, 친척 관계, 부자 관계가 되는 놀랍고 희한한 일을 누릴 수 있습니다.

오직 사랑만이

내가 만난 작은 예수
1

'주님, 저희가 언제 주님께서 굶주리시거나 목마르시거나 나그네 되신 것을 보고, 또 헐벗으시거나 병드시거나 감옥에 계신 것을 보고 시중들지 않았다는 말씀입니까?' 그때에 임금이 대답할 것이다. '내가 진실로 너희에게 말한다. 너희가 이 가장 작은 이들 가운데 한 사람에게 해주지 않은 것이 바로 나에게 해주지 않은 것이다.' (마태 25, 44-45)

어느 여름날 아침입니다. 민들레 국수집의 단골손님인 명석 씨가 아침을 들러 왔습니다. 밤새 잠을 못 잔 얼굴입니다. 밥과 반찬을 조금 접시에 담았는데도 밥맛이 없는지 쩔쩔맵니다.

"명석 씨, 어젯밤에 어디에서 잤어요?"

"계속 비가 내리니 일거리가 없어요. 이젠 돈도 다 떨어져서 어제는 할 수 없이 공원 의자에서 잤는데 모기 때문에 한숨도 잘 수가 없었어요."

할 수 없이 버려진 겨울 이불을 구해다가 온몸을 둘러 감았더니 숨이 막혀 잘 수 없었답니다. 이불을 벗어 버리니 모기가 앵앵거리며 공격해 와 도저히 견딜 수가 없었습니다. 어디 빈집이라도 있을까 찾았습니다. 다행이 빈집이 있긴 했는데 안에 들어가니 냄새 때문에 숨을 쉴 수 없어서 뛰쳐나왔다고 합니다.

밤새 걷다가 이제 밥 좀 먹고 공원에 올라가서 낮잠을 좀 자려고 한다면서 밥맛이 없는데도 억지로 한 접시를 비웠습니다. 그러곤 오후에 다시 왔습니다. 낮잠을 잘 잔 모양입니다. 한결 편안해진 얼굴입니다. 밥도 잘 드십니다. 겨울에는 따뜻한 곳을 찾아서 그나마 눈을 붙일 수 있는데 여름은 모기 때문에 잘 수가 없으니 정말 여름이 싫다고 합니다.

여름도 힘들지만 집 없고 배고픈 사람들에게 겨울은 참으로 혹독한 계절입니다. 손님 한 분이 뜨거운 국을 먹지 못하고 쩔쩔맵니다. 자세히 봤습니다. 손님의 입술이 부르텄습니다. "왜 잠을 못 잤어요?" 하고 물었습니다.

오직 사랑만이

"너무 추워서 잠을 설쳤더니 입술이 텄어요."

찜질방에서 하룻밤을 겨우겨우 해결하는 분인데 한동안 일거리를 찾지 못해서 어쩔 수 없이 어젯밤에는 노숙을 했던 모양입니다. 동인천역에서는 제일 따뜻하게 밤을 새울 수 있는 중앙 지하상가의 교회 올라가는 계단에서 지냈는데도 너무 추웠다고 합니다.

도움을 청하는 사람이 많이 늘어났습니다. 지하도에서 자다가 전 재산인 헌 옷 몇 개 들어 있는 배낭을 잃어버린 분이 걱정을 태산처럼 합니다. 헌 배낭을 하나 찾아서 드렸습니다. 입을 옷가지도 챙겨 드렸습니다.

영등포역에서 노숙을 하면서 지내다가 밥 먹으러 민들레 국수집까지 목발을 짚고 힘겹게 찾아온 손님이 있습니다. 밥을 다 드시고도 일어날 생각을 하지 않습니다. 무슨 도움이 필요한지 물어보았습니다. 며칠 전 날씨가 갑자기 추워지는데 병원 한 모퉁이에서 잠을 자다가 쫓겨난 분입니다. 방을 하나 얻어 달라고 합니다.

어떤 손님은 양말도 없이 맨발에 슬리퍼를 신고 식당에 들어옵니다. 겨우 헌 양말 하나 신겨 드리고 헌 운동화 하나 찾아 드렸습니다.

자기보다 더 추워하는 분에게 웃옷을 벗어 주고 덜덜 떨며 찾아온 분에게 헌 옷 하나 겨우 내어 드릴 때, 지하도에서 자다가 경비에게 쫓겨난 분에게 헌 이불을 하나 드렸더니 이젠 살았다면서 종이 가방에 넣어 항

추운 겨울 양말도 없이 맨발에 슬리퍼를 신고 식당에 오신 손님에게
헌 양말과 헌 운동화를 신겨 드리며
예수님께서도 머리 둘 곳 없이 사셨다는 생각에 마음을 다독입니다.

상 들고 다니는 분을 볼 때, 담배 한 개비, 천 원만 달라고 하는 분을 볼 때, 예수님께서도 이 세상에서 머리 둘 곳조차 없이 사셨다는 생각에 그나마 마음을 다독입니다.

오늘 마지막 손님은 부산에서 오셔서 자유공원에서 지내시던 분입니다. 며칠째 물로 배를 채웠답니다. 오랜만에 맛있는 음식을 먹으니 너무 행복하다고 말합니다.

"배가 고파 죽겠어요"라며 식사를 한 후에 두 시간도 채 안 되어 다시 찾아오는 현준 씨가 국이 맛있다며 한 그릇 더 달라고 할 때, 문 닫을 시간이 거의 다 되었는데 허겁지겁 찾아와 밥을 좀 먹을 수 있게 해달라며 미안한 모습으로 부탁한 손님이 맛있게 드시는 것을 볼 때 힘들고 괴로웠던 일들을 다 잊어버리게 됩니다.

왜냐면 예수님을 믿는다고 하는 것은 곧 예수님을 보는 것이기 때문입니다.

내가 만난 작은 예수
2

어느 할아버지께서는 여기에 오면 꼭 아들네 집에 온 것 같아 마음이 참 편안하다고 하십니다. 또 어떤 분은 민들레 국수집의 밥맛이 제일 좋다고 합니다. 상수 씨는 오십 대 후반인데 동인천역전에서 노숙을 합니다. 점잖으신 분입니다. 전에는 택시 운전을 했다고 합니다. 간이 아주 좋지 않습니다. 복수가 심하게 찼습니다. 도토리 묵밥을 좋아합니다.

명진 씨는 전에는 버스 기사였습니다. 실명 직전입니다. 지금은 거의 앞이 보이지 않습니다. 큰 그릇에 밥을 담아 드립니다. 민들레 국수집이 문을 열지 않는 목요일과 금요일에도 찾아오셔서 걱정입니다. 재수 씨는

오직 사랑만이

간장게장을 너무 좋아합니다. 그런데 간장게장은 다른 사람들도 좋아하기 때문에 재수 씨 혼자 오셨을 때만 드립니다.

문섭 씨는 별명이 사자 머리입니다. 사실은 양배추 머리입니다. 속에 든 것이 없는 음식은 싫어합니다. 속이 꽉 찬 만두나 송편을 좋아합니다. 수제비나 떡국은 속에 든 것이 없다고 싫어합니다. 용자 할머니는 깍두기를 좋아합니다. 달걀부침은 잘 익혀서 단단하게 해드려야 합니다. 치아가 없기에 딱딱한 음식은 못 드십니다.

무안 할아버지는 밥과 국을 식혀서 드려야 합니다. 음식이 뜨거우면 천식 때문에 들지 못합니다. 진원 씨는 큰 대접에 밥을 많이 담고 간장과 참기름에 비벼 드시게 해야 합니다. 뜨거운 국보다는 식어 버린 국을 좋아합니다. 너무 빨리 드시기 때문에 천천히 드시라고 잔소리를 좀 해야 합니다.

성호 씨는 미역국과 콩나물국을 좋아합니다. 된장국은 절대로 먹지 않습니다. 소고기는 좋아하지만 돼지고기는 먹지 않습니다. 영환 씨는 돼지고기를 좋아하지만 비계는 절대로 먹지 않습니다. 정식 씨는 돼지 비계가 듬뿍 든 김치찌개를 아주 좋아합니다. 찬호 씨가 식탁에 앉으면 반드시 배낭을 내려놓게 해야 합니다. 무거운 배낭을 짊어진 채로 식사를 하기 때문입니다.

민들레 국수집을 찾아오신 손님들을 조금만 배려해 드리면 참으로 놀라운 일들이 벌어집니다.

성한 사람이 하루 온종일 손수레를 끌면서 고물을 주워도 밥값을 벌기조차 힘이 듭니다. 겨우 오륙천 원 벌이인데도 불구하고 큰마음으로 귤 한 봉지 또는 박카스 한 통을 사 들고 오십니다. 어떤 할머니는 하루 종일 공병을 주워 팔아서 모은 돈을 모두 털어서 달걀을 사 들고 오십니다. 경로식당에서 찬바람 맞으며 오랜 시간을 떨고 기다렸다가 겨우 얻은 떡과 음료수를 가져오시기도 합니다.

어느 할머니는 달걀을 한꺼번에 두 판이나 내놓으시기도 합니다. 온종일 종이를 주워서 1,500원을 벌었다면서 그 돈을 불쑥 내놓으시며 반찬 사는 데 보태라는 할머니도 있습니다. 손자와 둘이서 사는 다리가 불편하신 할아버지는 교회에서 얻은 치약인데 여분이 있어서 선물로 가져왔다며 치약 두 개를 살짝 내어놓으십니다.

동렬 씨는 굶기를 밥 먹듯 하는 분입니다. 아흐레를 굶기도 합니다. 처음 찾아오셨을 때는 사흘을 굶었다고 했습니다. 언젠가는 누군가에게 맞고 울면서 오기도 했습니다. 그저께는 닷새나 또 굶고 왔습니다.

오늘은 식사를 마치고 주저주저하더니 10만 원짜리 수표를 바꿔 달랍니다. 길에서 주웠답니다. 주민등록증이 없어서 바꾸질 못했던 모양입니다. 바꿔 드리니 고맙다면서 갔습니다. 조금 후에 다시 왔습니다. 달걀을 네 판이나 들고 왔습니다. 달걀 프라이가 너무 맛있어서 다른 분들과 나눠 먹고 싶다고 말합니다.

이런 사람이 노숙자입니다. 너무 착하게 남의 것의 뺏기는커녕 자기 것마저 내어 주는 사람이 노숙하는 분들입니다. 가난한 과부가 렙톤 두 개를 헌금함에 넣는 것처럼 나눔을 실천하는 우리 손님들이 바로 작은 예수님입니다.

비빌 언덕이
되어 줄게요

2014년 10월 21일, 필리핀에서 한국으로 시집와서 인천 동구에서 생활하고 있는 필리핀 엄마들의 첫 모임이 어르신 민들레 국수집에서 열렸습니다. 필리핀 민들레 국수집을 시작하며 이방인으로서 했던 체험이 필리핀 다문화가족 모임을 만들게 된 계기가 되었습니다.

필리핀에서 지내며 말 못하는 서러움이 얼마나 큰지 알게 되었습니다 언어도 통하지 않고, 문화도 다른 나라에서 사는 것이 얼마나 힘든 일인지 체험하고 나니, 국내에 있는 필리핀 엄마들을 돕고 싶다는 마음이 생겼습니다.

© 민들레 국수집

필리핀에서 지내며 말 못하는 서러움이 얼마나 큰지 알게 되었습니다.
낯선 나라에서 아이를 키우며 씩씩하게 살고 있는 필리핀 엄마들에게
민들레 국수집이 작으나마 '비빌 언덕'이 되었으면 합니다.

한국에 돌아온 후 베로니카가 인천 동구 다문화가족지원센터의 협조를 얻어 필리핀 결혼이주여성 현황을 파악했고, 국수집 근처의 필리핀 엄마들에게 조그만 도움이라도 주고 싶어 모임을 열었습니다.

첫 모임인데도 필리핀 엄마 열여덟 명이 아이들을 데리고 왔습니다. 참 놀라웠습니다. 모임 참석자들 중 건강보험 혜택을 못 받는 이들은 민들레 진료소에서 무료 진료를 받도록 도왔고, 일자리가 필요한 엄마는 상담을 거쳐 믿을 수 있는 직장도 연결해 주었습니다.

그러다 필리핀 엄마들이 좀 더 자주 모이고 싶어 해 한글교실도 열게 되었습니다. 《결혼이민자와 함께하는 한국어》라는 책을 활용한 한국어 회화교실입니다. 한글교실이 끝나면 필리핀 음식을 만들어 나누어 먹습니다. 합창단 활동도 시작했습니다. 국수집에 중요한 행사가 있을 때면 필리핀 엄마들이 모여 노래 연습을 하고 공연도 합니다.

한 달에 한 번 매월 넷째 주에 열리는 이 모임이 어느새 열여섯 번째를 맞았습니다. 착한 남편들도 함께합니다. 맛있는 음식도 먹고, 쌀과 선물도 나눕니다. 엄마들에게 필요한 생필품을 나눠 주면 정말 좋아합니다. 모두 행복해하는 모습이 얼마나 보기 좋은지 모릅니다.

필리핀 엄마들 중 몇 명은 민들레 국수집과 민들레꿈 어린이밥집에서 봉사자로 일하고 있습니다. 웃으며 손님들을 맞이하고 아이들을 위한 맛있는 간식을 만들어 주지요. 낯선 나라에서 아이를 키우며 씩씩하게 살아가고 있는 필리핀 엄마들에게 민들레 국수집이 작으나마 '비빌 언덕'이 되었으면 합니다.

사랑이의
수학여행

　어린이날 베로니카와 함께 강화도 고아원에 다녀왔습니다. 사랑이가 벌써 초등학교 6학년입니다. 인천의 보육원에 있을 때는 자주 만나러 갔었는데, 강화도로 옮기고는 그러지 못해 마음이 아픕니다. 대신 방학 중에 가정 체험을 할 수 있는데, 방학이면 우리 집에 와서 2박 3일간 지내고 갑니다.

　우리가 가면 사랑이는 무엇이 갖고 싶은지 또박또박 수첩에 적은 것을 보여 줍니다. 예쁜 옷, 가디건, 선글라스, 물안경, 손전등, 물놀이 튜브, 인라인 스케이트 등등. 우리가 찾아오면 꼭 사달라고 부탁하고픈 것이라고 합니다. 얼마 전에는 수학여행을 가는데 입을 옷이 없다며, 옷이랑 신발, 캐리어가 필요하다고 했습니다.

사실 우리 가족은 사랑이가 태어났을 때부터 함께였습니다. 사랑이의 아빠는 제가 수도자의 신분으로 출소자의 쉼터 '평화의 집'에서 교정사목을 하고 있을 때부터 알던 사이입니다. 한동안 연락이 끊겼었는데, 어느 날 갑자기 벙어리 여인과 딸 하나를 데려왔습니다. 고아원에서 자랄 때부터 알던 여인이라고 했습니다.

벙어리 여인이 애처로워 보증금 100만 원에 월세 15만 원짜리 단칸방을 얻어 주고 살림살이와 아기 옷을 챙겨 주었습니다. 사랑이 아빠는 '가와만사성'이라고 틀리게 쓴 가훈까지 붙여 놓고 무척 즐거워했습니다.

얼마 후 벙어리 여인이 임신을 했고, 아이가 태어났다고 연락이 왔습니다. 근처 병원에 입원했는데 병원비를 하나도 준비하지 못했다는 것입니다. 민들레 국수집이 생기고 첫 해 겨울이라 매우 힘들 때였고, 베로니카 가게도 무척 어려워 할 수 없이 퇴원하는 날 베로니카가 신용카드 3개월 할부로 병원비를 결제했습니다. 그렇게 태어난 아이가 사랑이입니다.

사랑이가 태어나고 사랑이 아빠는 일을 나가지 않았습니다. 아이가 너무 예뻐서 일을 나갈 수 없다고 했습니다. 할 수 없이 사랑이 엄마가 일을 나갔습니다. 그러자 사랑이 엄마가 바람을 피운다며 폭력을 휘둘렀고 결국 두 사람은 헤어졌습니다. 사랑이는 자기가 키우겠다고 했지만, 얼마 후 태어난 지 아홉 달밖에 안 된 아이를 보육원에 맡기고 사랑이 아빠는 사라져 버렸습니다.

자신을 돌봐 주지 않고 고아원에 두고 떠나 버린 부모처럼, 사랑이 아빠도 자신의 아이를 똑같이 고아원에 맡긴 것입니다. 그 삶이 얼마나 고단하고 힘든지 뻔히 알면서도 자신의 아이에게 똑같은 삶을 물려준 것입니다.

참 희한합니다. 초등학교 3학년 겨울방학 때 우리 집에서 가정 체험을 하고 사랑이가 돌아가는 날, 사랑이 아빠가 나타났습니다. 지난 이틀 동안 굶었다고 합니다. 먼저 밥을 먹도록 했습니다. 사랑이 소식도 전해 주었습니다. 사랑이에 대해서는 아무 걱정 말고 다시 잘 살아 보자고 했습니다. 그 뒤로도 사랑이 아빠는 잊을 만하면 한 번씩 나타났습니다. 하지만 사랑이 이야기는 묻지 않습니다. 사랑이도 아빠를 만나고 싶어 하지 않는 눈치입니다.

사랑이는 고등학교를 졸업하면 지금 살고 있는 고아원에서도 나와야 합니다. 열아홉 살이 되면 우리 집 근처로 와서 대학을 다닐 수 있도록 하려고 합니다. 그 말을 듣더니 사랑이가 무척 좋아했습니다.

오직 사랑만이

세상에서 가장 크고
따뜻한 손

가을비가 내립니다. 이 비가 그치면 갑자기 영하 2도로 내려간다고 합니다. 단벌 신사인 우리 손님들이 추위를 어떻게 견뎌 낼지 걱정입니다.

비를 흠뻑 맞고 우리 손님이 들어섭니다. 수건을 드렸습니다. 비에 젖은 머리를 닦고 서둘러 밥을 풉니다. 배는 고픈데 비가 와서 비가 그치기를 기다렸는데 아무래도 그칠 것 같지 않아서 비를 맞고 왔답니다.

식사를 마칠 즈음에 헌 우산을 하나 드렸습니다. 우산을 받지 않겠다고 합니다. 왜 그러시는지 물었습니다. 비가 그치면 우산을 잃어버릴 수 있는데 그러면 돌려줄 방법이 없기 때문에 그렇다고 합니다. 돌려줄 필요가 없으니 그냥 가져가시라고 했습니다. 그제야 고맙다고 합니다.

민들레 국수집이 있는 동인천역 주변은 요즘 재개발(?) 열풍으로 야단법석입니다. 오늘 화수동에는 재개발 조합 설립을 위한 창립총회가 열렸습니다. 난장판이 따로 없습니다. 토지 소유자들의 욕심이 가득합니다. 제발 용산참사와 같은 가슴 아픈 일은 일어나지 않았으면 좋겠습니다.

동식 씨가 밥을 먹다가 심각한 표정으로 이야기를 좀 하고 싶다고 합니다. 아는 형이 동식 씨 명의로 차를 살 수 있도록 해달라고 했답니다. 자기는 기초생활수급자인데 트럭을 사면 기초생활수급자에서 탈락하니 제게 도와 달라고 합니다. 자기가 모든 책임을 질 테니 아무 걱정 말고 명의를 빌려주면 80만 원을 주겠다고 했답니다. 그러면 그 돈으로 노숙하지 말고 인간답게 방이라도 하나 얻어서 살면 좋지 않겠느냐고 제안했다고 합니다.

동식 씨에게 종국 씨 이야기를 해주었습니다. 민들레 국수집 손님 중에 종국 씨라고 서른아홉 해를 노숙하고 있는 손님이 있는데 지난해에야 겨우 기초생활수급자가 되어서 장애인 보조금과 합쳐서 월 50만 원 정도를 받았습니다. 그런데 얼마 전에 종국 씨 앞으로 5톤 트럭이 소유되어 있는 것이 밝혀져서 기초생활수급자에서 탈락했지요.

왜 그렇게 되었는가 하면 2년 전에 영등포 역전에서 노숙을 할 때 점

오직 사랑만이

217

잘게 생긴 신사가 다가와서 주민등록 등본과 인감 증명서를 떼어 주면 150만 원을 주겠다고 제안해서 얼른 그렇게 해주었는데, 그게 5톤 트럭을 산 것인 줄은 꿈에도 몰랐다고 합니다. 그저 눈앞의 이익에 눈이 멀어 기초생활수급자에서 탈락할 줄은 꿈에도 몰랐다고 한탄한 이야기를 해주었습니다.

동식 씨에게 이야기를 하나 더 해주었습니다. 동윤 씨는 사는 게 너무 힘들어서 대포통장 열 개를 만들어 주고 한 개에 5만 원씩 받아서 써 버렸는데 경찰이 제일 무섭다고 한다는 이야기도 해주었습니다.

욕심은 우리를 죽음으로 내몹니다. 남보다 1퍼센트 더 가지고픈 욕심 때문에 세상을 올바로 보지 못합니다. 세상을 올바로 보지 못하니 세상 안에 살아 계신 하느님을 볼 수 없습니다. 장님처럼 눈을 뜨고 있어도 어둠 속에서 사는 셈입니다.

사실 우리는 버려야 할 것이 너무 많습니다. 안정되고자 하는 마음, 편리해지고자 하는 마음, 현상 유지를 하고픈 마음을 버려야 합니다. 이런 갈라진 마음들이 우리를 약하게 합니다. 아등바등거리면서 어쩔 줄 모르게 합니다. 사는 것이 힘듭니다.

우리가 세상을 살기 힘든 이유는 가진 것이 너무 많기 때문입니다. 가진 것을 버릴 줄 모르기 때문입니다. 버리지 못하는 가장 큰 이유는 부서

이 세상에 나누지 못할 만큼의 가난은 없습니다.
행복을 위해 양손 가득 움켜쥘 수도 있지만,
한 손쯤은 남을 위해 비울 줄도 알아야 합니다.

지지 않을 영성이 없기 때문입니다. 버리지 못하기에 우리 안에 활동하시는 하느님이 움직이실 틈이 없습니다.

우리가 가지고 있는 것들로부터 조금씩 해방되어야 하겠습니다. 소유로부터의 자유를 누리기 위해서입니다. 비움으로 하느님이 움직이실 수 있게 해드려야 합니다.

이 세상에 나누지 못할 만큼의 가난은 없습니다. 행복을 위해 양손 가득 많은 것을 움켜쥘 수도 있지만, 한 손쯤은 남을 위해 비울 줄도 알아야 합니다. 나누고 난 빈손엔 더 큰 행복이 채워집니다. 세상에서 가장 크고 따뜻한 손은 빈손입니다.

밥 한 술 더 떠먹이려는
엄마처럼

민들레 국수집이 있는 동네에는 새벽부터 밤 늦게까지 열심히 고물을 모으는 일흔이 넘는 할머니가 있습니다. 신세 한탄을 합니다. 이토록 힘들게 일을 해도 재산세 낼 돈이 모자란다고 한숨을 쉽니다. 집을 몇 채나 가지고 계신 할머니입니다. 재산이 많아도 재산세 낼 돈이 모자랍니다. 물질의 노예가 되어 버렸습니다. 세상을 떠날 때 억울해서 어찌 눈을 감으실지 걱정입니다.

돈 자체는 선도 아니며 악도 아닙니다. 돈의 사명은 사람에게 봉사하는 데 있습니다. 따라서 생계를 위해 노력하고 힘쓰는 것은 정의에 어긋

나지 않는 한 사람의 의무입니다. 하지만 오로지 돈을 벌기 위해 수단과 방법을 가리지 않는다면 돈이 사람을 노예로 만들어 버립니다. 반면 나눔은 우리를 물질의 노예로부터 해방시켜 줍니다. 재산이 많든 적든 간에 물질에 얽매여 사는 사람은 비참한 사람입니다.

우리 주변에는 가난한 사람들이 참 많습니다. 가난한 사람들은 '전(錢)의 전쟁' 같은 돈의 무자비한 폭력을 겪고 있습니다. 부동산 투기, 사치스런 허영의 바람을 맨몸으로 맞고 있는 가난한 사람들입니다. 이 사회의 복잡한 형식과 절차를 따라가지 못해서, 경쟁을 해야 하는 것에 적응하지 못해서 온몸이 무방비 상태인 채 살아가는 벌거벗은 이들입니다. 게으르다는 핀잔을 받습니다. 가난한 것이 게으르기 때문이라고 합니다.

그래서 사람대접이 아니라 짐승 대접을 받으며 버림받은 곳에서 살고 있는 사람들입니다. 이들이야말로 사람들에게 사람대접을 받고 싶어 합니다. 사회복지는 사람대접을 받고 싶어 하는 가난한 사람에게 사람대접을 해주는 것입니다. 굶주린 사람에게 먹을 것을 주고, 목마른 사람에게 마실 것을 주고, 헐벗은 사람에게 입을 것을 주는 것입니다.

사회복지를 실천하는 것은 사랑의 의무이기 전에 오히려 정의의 의무입니다. 사회복지란 인간이 기본적으로 누려야 하는 인권의 회복입니다. 그래서 사회복지는 반드시 정의와 자비의 양면을 가지고 있어야 합니다.

나눔은 겉보기에는 시혜나 동정처럼 보이지만
한 사람이 가져야 할 정당한 몫을 돌려주는 것입니다.
밥 한 술이라도 더 떠먹이려는 엄마처럼 하면 됩니다.

사회복지에 정의가 없다면 도움을 받는 사람은 도움을 주는 사람에게 예속됩니다. 도움을 받는데도 불구하고 거지가 되어 버립니다.

마치 남에게 조그만 도움을 주었다는 것으로도 자신을 과시하고, 으스대고, 생색을 내는 사람들이 있는 것처럼 말입니다. 정의가 없는 사회복지는 가진 자들의 또 다른 오만이나 사람이 사람 위에 군림하는 폭력일 수도 있는 것입니다. 그래서 사회복지는 오만하고 건방진 사람이 해서는 안 됩니다. 가난한 사람들을 섬길 수 있는 겸손한 사람이 해야 합니다.

성경에서는 착한 일을 할 때 오른손이 하는 일을 왼손이 모르게 하라고 합니다. 오른손이 하는 일을 왼손이 모르게 하라는 것은 주는 사람과 받는 사람이 따로 없는 나눔의 실천을 의미합니다.

나눔이란 겉보기에는 시혜나 동정과 같은 모습으로 보이지만 한 사람이 가져야 할 정당한 몫을 되돌려 주는 것입니다. 아기 엄마가 밥그릇을 들고 아기를 쫓아다니면서 밥 한 술 더 먹게 하려고 애를 씁니다. 아기가 한 입 먹어 주면 엄마가 참 좋아합니다. 여기 어디에 주는 사람과 받는 사람의 차이가 있습니까?

아기 엄마가 아기에게 밥 한 술 더 먹이려고 애쓰는 그런 마음으로 사회복지를 하고 나눔을 실천해야 합니다. 밥 한 술이라도 더 먹이려고 아기를 쫓아다니는 엄마처럼, 마지못해 밥 한 술 더 먹어 주는 아기처럼 하면 주는 사람도 받는 사람도 행복하게 됩니다.

이런 것이 바로 오른손이 하는 일을 왼손이 모르게 하는 것입니다. 따라서 사회복지란 사회정의의 다른 모습입니다.

봉사는 베푸는 것이 아니라 나누는 것입니다. 그런데 봉사를 자기보다 못한 사람에게 베푸는 호의라고 착각합니다. 세상에 어느 누가 자기보다 못합니까. 건방지면 절대로 봉사할 수 없습니다. 사랑하는 마음으로 자기 것을 나누는 것이 봉사입니다.

예수님은 한평생 나누면서 사셨습니다. 머리 둘 곳조차 없이 노숙을 하시면서도 나누면서 사셨습니다. 무엇을 나누셨는가 하면 '가난한 사람은 행복하다'는 그 행복을 나누셨습니다. 자발적인 나눔으로 부자도 가난한 사람의 행복에 끼어들 수 있는 기회가 주어집니다.

더 많이 소유하려는 욕심을 덜어 내는 자발적인 나눔이야말로 부자가 영원히 살 수 있는 틈새입니다.

오직 사랑만이

225

가난한 사람을
생각합니다

얼마 전에 인천 어느 역에서 지갑에 있던 19억 얼마를 잃어버렸다는 사람이 있었답니다. 수표라서 지급정지를 했다고 합니다. 그 사람은 노숙을 하는 사람이었다고 합니다. 그 사람은 2년 전에도 인천 자유공원에서 노숙을 하다가 가방을 잃어버렸는데 그 가방에 천만 원이 넘는 돈이 있었다고 경찰에 신고했고 얼마 후에 찾았다고 합니다. 들리는 말에 의하면 그 노숙하는 사람은 재산이 50억이 넘는다고 합니다. 은행 이자만 매월 천만 원이 넘는다고 합니다.

그런데 밥을 사 먹을 돈이 아까워 무료 급식소에서 밥을 먹습니다. 어떤 때는 민들레 국수집에 와서 밥을 먹기도 했답니다. 목욕비가 아까워서 민들레희망센터에서 샤워를 하고 빨래를 했답니다. 여관이나 호텔에서 자려니 돈이 아까워 자유공원에서 노숙을 합니다. 가방과 지갑에는 잃어버릴까 두려운 돈을 잔뜩 가지고 있으면서도요.

　돈이 얼마나 좋으면 자기 자신을 위해 쓸 돈도 아까워 쓰지 못하는 것일까요. 자기 자신에게 쓰는 것마저 아까우니 남을 위해 쓰는 것은 꿈도 꿀 수 없는 일입니다. 잃어버릴까 뺏길까 전전긍긍하면서 돈 보따리를 들고 쩔쩔맵니다.

　가난한 사람을 생각합니다.

　가난한 사람은 주님을 찾는 사람입니다.

　가난한 사람은 하느님의 법대로 사는 사람입니다.

　가난한 사람은 하느님을 사랑하고 이웃을 자기처럼 사랑하는 사람입니다.

　가난한 사람은 겸손한 사람입니다.

　가난하게 살려면 많은 지혜가 필요합니다.

　가난한 사람은 참 지혜롭습니다.

　하느님 나라가 어떤 것인지 금방 알아차립니다.

오직 사랑만이

가난한 사람은 그래서 행복합니다.

하늘나라가 그들의 것이기 때문입니다.

우리 손님들은 큰 것은 바라지도 않습니다. 달걀 프라이 하나에 행복해합니다. 닭백숙 반 마리에 기뻐 어쩔 줄 모릅니다. 큰 병원도 필요 없습니다. 민들레 진료소가 한 달에 두 번 열리면 의사 선생님의 친절한 진찰과 처방에 행복해합니다.

'야'와 '요'의
차이

믿음은 삶의 양면을 함께 보는 것입니다. 고통 중에도 희망이 있고, 불행 중에도 감사할 것이 있기 때문입니다.

민들레의 집 식구인 창수 씨가 말합니다. 요즘이 제일 행복하다고 합니다. IMF 전이나 후나 참 힘들었다고 합니다. 앞만 보고 악착같이 달렸던 때도 힘들었고, 거리에서 노숙을 할 때도 참으로 힘들었다고 합니다.

창수 씨가 왜 행복하다고 할까 생각해 봅니다. 어쩌면 현실은 행복하기보다는 불행하다고 느끼기 쉬울 텐데 말입니다. 겨우 방 한 칸이 있고, 세 끼 걱정이 없을 뿐인데도 싱글벙글입니다. 노숙할 때는 심심해서 죽

고통은 밖에서 오지 않습니다.

자기에게 넉넉하면 모든 것이 넉넉해집니다.

살아 있다는 것만으로도 우리는 충분히 행복할 수 있습니다.

을 뻔했는데 요즘은 할 일이 있는 것이 참 좋다고 합니다.

고통은 밖에서 오지 않는 것 같습니다. 자기에게 넉넉하면 모든 것이 넉넉해집니다. 그래서 창수 씨는 복에 겨워서 행복해합니다. 꽃동네 최귀동 할아버지는 이런 말씀을 하셨지요.

"얻어먹을 힘만 있어도 은총입니다."

그렇습니다. 우리는 살아 있다는 것만으로도 충분히 행복할 수 있습니다.

덕남 씨가 밤에 종이를 줍습니다. 낮에는 국수집에 와서 밥을 먹고 또 도시락도 싸 갑니다. 오늘은 도시락을 담다가 돼지불고기를 비닐에 조금만 더 싸달라고 합니다. 그러라고 했습니다.

덕남 씨는 어릴 때 고아원에서 살았습니다. 별이 열세 개나 됩니다. 2004년 12월에 청송에서 나왔습니다. 교도소 문턱에 꿀을 발라 놓아서 또 들어가기가 쉬운데 왜 안 들어가는지 물어보았습니다. "밥을 배부르게 먹을 수 있는데 왜 다시 들어가겠어요"라고 말합니다.

민들레 식구인 정수 씨는 요즘 어르신 민들레 국수집에서 자원봉사를 붙박이로 하고 있습니다. 어제 식사를 하면서 정수 씨에게 물었습니다. 요즘 어떠냐고 했더니 '야'와 '요'의 차이라고 합니다. 전에는 짜증만 내고 말도 '야'가 끝말이었답니다. 그런데 요즘은 '요'라고 한답니다. "어서

오직 사랑만이

오세요." "고마워요." 이렇게 변했답니다. 감사하고 남을 먼저 배려하고 그러는 것이 사람 사는 것인데 전에는 몰랐다고 합니다.

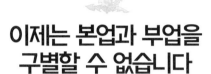

이제는 본업과 부업을
구별할 수 없습니다

저의 본업은 교정사목이고 부업은 민들레 국수집이라고 하지만 이젠 구별할 수가 없습니다. 모두가 본업입니다. 왜냐면 가장 작고 여리고 아픈 손가락에 온 신경이 쓰이기 때문입니다.

한여름이면 감옥은 참으로 서러운 곳이 됩니다. 좁디좁은 방에 여덟이나 아홉 명이 갇혀 있으면 옆 사람이 없으면 좋겠다는 생각이 저절로 든답니다. 바깥바람이 들어오는 곳은 촘촘히 창살이 박혀 있는 작은 창문뿐입니다. 바람이 들어오는 것을 알 수 있도록 화장지를 길게 찢어서 창살에 매어 놓는답니다. 창살에 매어 놓은 화장지가 흔들리는 방향으로

오직 사랑만이

몸을 움직여 봅니다. 부채를 부쳐 보지만 땀만 흐릅니다.

선풍기 바람도 뜨겁기만 합니다. 저절로 욕이 나옵니다. 함께 갇혀 있던 사람들 중에서 다툼이 일어납니다. 말리는 척하지만 기분이 좋습니다. 오늘 두 사람이 징벌방으로 가면 오늘 밤만큼은 제대로 잠을 잘 수 있을 것 같은 기대 때문이라고 말합니다.

삼복더위가 다가오면 베로니카와 함께 교도소 여행을 준비합니다. 아내인 베로니카가 운영하는 옷가게가 있는 지하상가는 매년 여름에 일주일간의 휴가가 있습니다. 그래서 13년째 베로니카와 함께 여름이면 휴가를 떠납니다. 우리나라에서 제일 썰렁한 곳으로 피서를 갑니다. 감옥에 있는 우리 형제들을 찾아 여름휴가를 보냅니다.

따뜻하게 바라보는 것만으로 달라집니다

올해는 7월 31일부터 베로니카와 함께 교도소 여행을 시작했습니다. 메르스로 인해 모든 교도소의 집회가 중단되었다가 이제야 풀렸습니다. 경북북부 1교도소에서 자매상담을 시작으로 여름휴가를 시작했습니다.

감옥에 있는 형제들에게 선물할 수 있는 것은 이제 칫솔, 안경, 책뿐입니다. 전에는 여러 가지가 반입이 허용되어 선물 꾸러미를 꾸릴 수 있었는데 이제는 겨우 그 정도만 선물해 줄 수 있습니다.

7월 31일 아침 6시에 인천을 출발했습니다. 영동 고속국도는 휴가를 떠나는 차량들로 가득합니다. 가다 서다를 반복하다가 겨우 여주에서 빠져나왔습니다. 오후 1시에 진보에 도착해서 얼음과자와 빵 그리고 복숭아를 샀습니다. 자매상담에 나오는 형제들과 나눌 음식입니다.

오후 2시에 경북북부 1교도소에 들어갔습니다. 메르스 영향으로 교도소에 들어가기 전에 인적사항을 적고 체온을 측정한 다음에야 들어갈 수 있었습니다. 사회복귀과 상담실에서 형제들과 오랜만에 자매상담을 시작했습니다.

메르스로 집회가 중단된 후 첫 만남입니다. 몇 명의 형제들은 다른 교도소로 이감을 갔습니다. 새로 모임에 나온 형제들도 있습니다. 모두 열일곱 형제가 나왔습니다. 시작 기도를 한 다음에 곧바로 얼음과자를 나누어 먹었습니다. 이번 달에 생일이 있는 형제를 위해 케이크를 준비하고 축하 노래를 불렀습니다. 그런 다음 이런저런 이야기를 나누면서 자기소개를 하는 시간을 가졌습니다.

경북북부 1교도소의 형제들은 대부분이 10년, 20년, 무기징역 등의 형을 받은 장기수입니다. 처음 만났을 때는 얼굴이 굳어 있는 경우가 대부분입니다. 그런데 몇 번의 만남을 가지면 형제들의 얼굴이 부드러워집니다. 웃기 시작합니다. 이웃과도 나누는 것을 볼 수 있습니다.

오직 사랑만이

그저 따뜻하게 바라만 보는 것으로도 우리 형제들은 놀랍게 변합니다. 다음 달에는 추석이 다가오니까 맛있는 떡을 많이 해오겠다고 했더니 어린아이처럼 좋아합니다. 아쉬운 한 시간 반의 모임을 마치고 민원실에 들어가서 영치금과 칫솔, 책을 넣어 드렸습니다.

그런 다음에 경북북부 직업훈련 교도소에 갔습니다. 27년째 징역을 살고 있는 늙은 무기수 형제를 면회했습니다. 나이가 쉰아홉입니다. 머리도 벗겨지고 흰머리가 많아졌습니다. 그런데도 직업훈련소에서 컴퓨터 공부를 하고 있습니다. 봉제 기술도 있습니다. 얼마 전에는 제빵 기술도 배워서 자격증을 땄습니다. 언젠가 출소하면 일해서 먹고살아야 한다면서 지금도 컴퓨터를 열심히 배우고 있습니다.

몇 년 전만 해도 무기징역을 받은 사람이 20여 년 정도 모범적으로 수형 생활을 하면 가석방 혜택을 받을 수 있었습니다. 그런데 언제부터인가 25년을 넘게 살아도 가석방 혜택을 꿈도 꾸지 못하고 있습니다. 얼마 전 징역 35년을 선고받은 사람이 있는 것을 보면 앞으로 얼마나 더 살아야 무기수들이 가석방 혜택을 얻을 수 있을지 안타깝습니다. 우리나라에는 교도소에 갇혀 있는 무기수가 약 1,400명 정도 있다고 합니다.

어떤 사람이 재판정에서 최후진술을 하면서 울먹입니다. "수감된 지 110일이 됐는데, 정신적으로, 육체적으로 버틸 수 없는 한계가 온 것 같

다"며 재판부에 보석 신청을 냈다는 뉴스를 본 적이 있습니다. 겨우 110
일을 갇혀 있으면서 버틸 수 없다고 하소연합니다. 27년(9,800일)을 교
도소에 갇혀 있는 우리 늙은 무기수 형제의 심정은 어떨까 마음이 아픕
니다.

참다운 회심은 사랑을 깨닫는 것

8월 1일에는 경북북부 3교도소를 방문했습니다. 바오로 형제는 12년
징역을 살고 지금은 감호를 살고 있습니다. 몇 년 전에는 문맹이었습니
다. 베로니카의 도움으로 이제는 편지도 쓸 줄 압니다. 별명이 '아까돌
아'입니다. 조금 전에 싸웠는데 또 싸운다고 얻은 별명입니다.

베로니카와 모니카를 만나려고 그토록 참고 참고 참으면서 징벌방을
가지 않으려고 애썼는데 그만 싸웠던 모양입니다. 민원실에서 면회 신
청을 했는데 안타깝게도 규칙을 어겨서 징벌방에 갇혀 있다는 것입니다.
면회도 안 됩니다. 구매물도 반입이 안 됩니다. 영치금만 넣을 수 있다고
합니다. 할 수 없이 영치금 조금 넣어 드리고 민원실에 마련되어 있는 편
지지에 편지를 써서 서신함에 넣고 아쉬운 발길을 돌렸습니다.

포항교도소로 가는 길은 경치가 참 좋습니다. 황장재를 넘어서 영덕
과 강구항을 지나 바닷길을 거쳐 포항교도소를 찾았습니다.

오직 사랑만이

포항교도소에서는 무기수인 제노비오를 만났습니다. 이십 대에 교도소에 갇혀서 어느새 20년이나 흘렀습니다. 야수 같던 눈은 부처님 눈처럼 부드러워졌습니다. 모든 욕심을 내려놓은 모습입니다. 포항에서는 용접 기술을 배우고 있다고 합니다.

이제 이 직업훈련이 끝나면 본 교도소인 목포교도소로 돌아가야 하는데 좀 더 일을 많이 할 수 있는 청주나 대전교도소로 가게 도와줄 수 없는지 물어봅니다. 고마운 분들 덕분에 하루하루를 살고 있는데 이제는 열심히 일하며 살고 싶다는 것입니다. 고맙게도 교도관이 면회 시간을 보통보다 두 배를 더 주었습니다.

8월 3일에는 순천교도소의 무기수인 요한 형제를 찾았습니다. 요한 형제는 사형수였다가 무기수로 감형되어 순천으로 왔습니다. 면회를 신청했는데 안타깝게도 전일공장에서 일하고 있기 때문에 오후 3시가 지나야 면회할 수 있다고 했습니다. 아쉽지만 영치금과 구매물을 넣고 편지를 써서 서신함에 넣고 광주교도소로 향했습니다.

감옥에 있는 형제들은 자기가 저지른 죄에 어쩔 줄을 몰라 합니다. 죄의식에 마음이 짓눌립니다. 양심의 가책으로 괴롭습니다. 자신을 외면해 버리고 싶고 죽고 싶어 합니다. 그럼에도 불구하고 용서받았다는 체험을 하면 우리 형제들은 극적으로 변합니다. 참다운 회심은 죄를 반성하는 것을 넘어서 사랑을 깨닫는 것이기 때문입니다.

13년째 교도소 여행을 하면서 놀라운 체험을 합니다. 최고수와 장기수 형제를 만날 때마다 형제들의 눈빛이 변하는 것을 보면 참으로 놀랍습니다. 처음에는 야수 같던 눈빛이었습니다. 섬뜩했습니다. 그런데 조금씩 조금씩 눈빛이 부드러워집니다. 요즘은 형제들 눈을 보면 아기들 눈을 보는 것 같습니다. 자기만 알던 사람이 남 걱정을 합니다. 참 희한합니다.

광주교도소에서는 보니파시오 형제를 만났습니다. 무기수입니다. 청송에서만 14년을 갇혀 있다가 몇 달 전에 광주로 이감되었습니다. 감옥에 있는 형제들은 다른 교도소로 이감 가는 것을 아주 힘들어합니다. 그런데 면회실에서 만난 보니파시오 형제는 편안한 얼굴입니다.

꼴베 형님 덕분에 광주교도소에서 어렵지 않게 잘 적응했다고 합니다. 꼴베 형님의 후배들이 광주교도소에 많이 있어서 쉽게 공장에도 일하러 다닐 수가 있다고 합니다. 그리고 제주도에 살고 있는 남동생이 자주 면회를 온답니다. 언제일지 모르지만 출소하게 되면 자기도 꼴베 형님처럼 어려운 이웃을 도와주면서 살고 싶다고 합니다. 겨우 10분의 면회 시간이 아쉽게 끝났습니다.

8월 4일 오전에는 청주교도소의 베드로 형제를 만났습니다. 20년 형

오직 사랑만이

을 받고 17년째 갇혀 살고 있습니다. 서예를 아주 잘합니다. 전일공장에서 하루 일을 하고 저녁에는 글 쓰는 재미에 산다고 합니다. 이제는 두 번만 더 면회하면 민들레 국수집 곁에서 살 수 있으니 세상에 걱정할 것이 없다고 합니다.

내년 여름휴가 때 다시 만나요

면회가 끝나자마자 서둘러 군산교도소로 향했습니다. 오후 2시에 장소 외 접견을 신청했기 때문입니다. 장소 외 접견은 접견실이 아닌 별도의 장소에서 교도관의 입회하에 직접 얼굴을 마주 대하고 면회할 수 있는 제도입니다. 면회 시간도 30분 정도입니다.

바오로 형제는 18년 형을 받았습니다. 처음 청송에서 만났습니다. 그러다가 전주교도소로 옮겼고, 얼마 전에는 이곳 군산교도소로 이감을 왔습니다. 이제 12년을 살았습니다. 그동안 베로니카의 도움으로 국어국문학과 독학사 과정을 마쳤습니다. 이제는 경영학 과정을 더 하고 싶다고 합니다. 베로니카가 옥바라지를 잘해 줄 테니까 걱정 말라고 합니다. 베로니카는 우리 형제들이 공부할 때 필요한 책과 비용을 아낌없이 도와주곤 합니다.

이제 나이가 쉰이 넘었습니다. 흰머리는 늘어났지만 눈빛은 더 맑아졌습니다. 교도소 안에서 만든 수첩을 보여 줍니다. 우리 가족사진을 보고 싶을 때마다 꺼내 보곤 한답니다.

8월 5일 오전에는 천안교도소를 찾아갔습니다. 프란치스코 형제는 청송에서 징역 10년 형을 살고 6년째 감호를 살다가 지난달에 천안교도소로 와서 감호 생활을 하고 있습니다. 보호감호법은 폐지되었습니다만 보호감호법에 의해 감호처분을 받은 사람은 7년 미만의 감호를 살아야 합니다. 프란치스코 형제는 처음에는 무척 억울해하고 힘들어했습니다. 그런데 놀랍게도 얼굴이 편안해졌습니다.

오후에는 공주교도소를 찾아갔습니다. 최고수였다가 8년 전에 무기수가 된 안드레아 형제가 있는 곳입니다. 십몇 년 전에 사형수였던 안드레아 형제가 자기는 고아라서 장례를 치러 줄 사람이 없답니다. 가족이 없으면 화장을 해버립니다. 그것이 두 번 죽는 것 같아 싫어서 묘지라도 마련해 놓으려고 고마운 분들이 넣어 주는 영치금을 모았는데 아무래도 부질없는 짓 같다고 했습니다. 그러면서 50만 원을 내어놓습니다. 어려운 사람을 위해 써달라고 했습니다.

안드레아는 이곳 공주교도소로 옮겨 온 후 공부를 해서 고입, 대입 검정고시를 치렀고, 베로니카의 도움으로 얼마 전에 독학사 과정을 마쳤습니다. '법자'(법무부 자식) 신세인 자기가 베로니카 누님의 도움이 없었다

오직 사랑만이

면 공부는 꿈도 꿀 수 없는 일이었다면서 고맙다고 합니다. 요즘은 전일 공장에서 열심히 일을 하고 있습니다.

8월 6일 오전에는 대구교도소에 있는 최고수 형제를 찾아갔습니다. 25세 때 사형선고를 받고 서울구치소에 있다가 몇 년 전 대구교도소로 이감되었습니다. 사형수인데도 인쇄공장에서 일할 수 있어서 참 좋다고 합니다. 지난해에는 국어국문학과 독학사 과정도 마쳤다고 합니다.

면회 종료 1분 전 소리가 납니다. 내년에 다시 만날 기약을 하면서 아쉬운 작별을 했습니다. 교도소를 나오면서 베로니카가 덕분에 여름휴가를 알차게 행복하게 보냈다면서 고맙다고 합니다. 저도 덩달아 기분이 좋아졌습니다.

가난한 사람에게
돈을 주는 것

그리스도교적 경제 체제의 토대는 진정한 애덕과 자발적 가난입니다. 가난한 사람들에게 돈을 주는 것은 가난한 사람들의 구매력을 높이는 효과가 있습니다. 돈은 그 정의부터가 교환의 수단이지 돈벌이의 수단이 아닙니다. 교환 수단으로 사용될 때, 돈은 기왕에 생산된 재화의 소비를 촉진합니다. 투자된다면, 돈은 생산된 재화의 소비를 돕지 않고, 더 많은 재화의 생산을 도와 과잉생산을 부르고 그리하여 결국 실업을 증대시킵니다. 너무 많은 돈이 기업에 투자되고 보니 그 돈이 결국 기업을 퇴출시킨 것입니다. 가난한 사람들에게 주어진 돈은 유용한 돈으로서, 제구실을 다합니다. 투자에

오직 사랑만이

쓰인 돈은 잘못 쓰인 돈으로서, 제구실을 다하지 못합니다.

가난과 애덕은 이제 더 이상 존중받지 못하고, 멸시당하고 있습니다. 가난한 사람들은 가난을 받아들이기를 그쳤으며 부자들은 애덕을 베풀기를 그쳤습니다. 가난한 사람들이 가난한 생활에 만족할 때 부자들은 가난한 사람들에게 관대해집니다.

_피터 모린, 《푸른 혁명》(공동선 펴냄) 중에서

민들레 국수집을 시작한 지 이삼 년쯤 되었을 때입니다. 국수집을 찾는 손님들이 점점 늘어나기만 했습니다. 국수집 귀퉁이에 돼지 저금통이 하나 있었습니다. VIP 손님들이 백 원, 2백 원 동전을 넣곤 했습니다. 꽉 차면 돼지를 잡아서 우리 손님들께 돼지고기를 대접하곤 했습니다.

그런데 어느 날 돼지 저금통이 사라졌습니다. 만 원짜리 지폐도 몇 장 보였습니다. 돼지 잡는 날에 우리 손님들께 푸짐하게 돼지 불고기를 대접할 수 있겠다 싶어서 좋아했는데 감쪽같이 사라졌습니다. 그래서 혼자 독차지하는 것보다는 함께 나누는 것이 좋겠다 싶어서 누구든지 마음대로 뚜껑을 열 수 있는 '돈 나눔 통'을 마련했습니다. "꼭 필요하신 분은 2천 원 한도 내에서 꺼내 가시고 나중에 여유가 생기면 다시 넣어 주십시오"라는 문구도 붙여 놓았습니다.

처음 민들레 국수집을 열었을 때는 저에게 천 원, 2천 원을 빌리는 분이 많았습니다. 빌려드리면 대다수의 손님들이 배고픈데도 불구하고 다시 식사하러 오지를 못합니다. 며칠 기다렸다가 동인천역과 자유공원을 다니면서 돈을 빌려 간 손님을 찾아야 합니다. 제발 돈을 갚지 않아도 좋으니 식사하러 가자고 끌면 마지못해 따라옵니다.

그런 소동을 몇 번 겪은 다음에는 손님들에게 돈을 절대로 빌려드리지 않겠다고 했습니다. 아예 그냥 드렸습니다. 돈을 갚지 않아도 좋으니 식사하러 꼭 와야 한다고 했습니다.

'돈 나눔 통'을 처음 마련했을 때 우리 손님들이 혼란을 겪었습니다. 갚을 길이 없는데도 불구하고 몇 번을 빌려 갑니다. 그래서 2천 원 한도로 다섯 번까지만 빌려 갈 수 있도록 했습니다. 그리고 다섯 번까지 빌려 가고도 갚지 못하면 빚을 전액 탕감해 줍니다.

그런 다음에는 그 손님은 '돈 나눔 통'을 이용할 수 없게 했습니다. 그래도 급한 일이 생겼다면서 천 원을 빌려 달라면 그냥 나눠 드렸습니다. 노숙하는 분들은 정말 돈 한 푼이 없습니다. 어느 누구도 천 원 한 장 빌려주려고 하지 않습니다. 어쩔 수 없이 자기를 따뜻하게 대해 준다 싶은 민들레 국수집에 와서 차비 2천 원만 빌려 달라고 사정을 합니다.

이렇게 빌려 간 2천 원을 이삼 일 후에는 원금의 네 배나 더 붙여서 내어놓는 분들이 많습니다. 하루 온종일 피땀 흘려 일해서 번 돈입니다. 그 돈을 '돈 나눔 통'에 다시 넣고 손님들이 이용하게 했습니다. 거의 한 해 동안 '돈 나눔 통'이 운영되었습니다. 그러다가 민들레 국수집을 찾는 손님들이 갑자기 많아지면서 '돈 나눔 통'이 없어졌습니다.

2009년 7월에 민들레희망지원센터를 열었습니다. 센터를 도와주던 봉사자가 문제를 일으키고 떠난 후에 베로니카가 센터 운영을 도왔습니다. 우리 손님들이 곧바로 베로니카를 찾기 시작했습니다. 왜냐면 쉽게 도움을 받을 수 있었기 때문입니다. 금세 '손 큰 아줌마'로 소문이 났습니다. 우리 손님들이 사는 것이 힘들다고 하면 1, 2만 원을 그냥 드렸기 때문입니다. 몰려오는 손님들을 감당할 길이 없었습니다.

그래서 우리 손님들에게 도움이 되는 길을 찾았습니다. 그것이 바로 '독서 장려금'입니다. 노숙 손님들이 책을 읽고 나눠 드린 공책에 간단하게 감상문을 써서 발표하면 장려금으로 3천 원을 드렸습니다.

우리 손님들도 신이 났습니다. 그냥 베끼기도 했습니다. 다른 사람에게 써달라고 하고 장려금 3천 원을 나누기도 했습니다. 어떤 분은 성실하게 감상문을 써서 발표하기도 했습니다. 손님들이 벌벌 떨면서 공책에 쓴 것을 발표했습니다.

그러면서 놀랍게 변했습니다. 스스로 말하는 것이 가능해졌습니다. 3천 원으로 더는 노숙하지 않게 되었습니다. 어느 날 덕분에 취직되었다고 음료수를 사 들고 인사하러 옵니다. 아주 적은 수이지만 3천 원을 받아서 술을 먹기도 했습니다.

2010년 10월경 민들레희망센터를 찾아온 손님과의 상담 내용입니다.

박○○(51세) 서울역에서 노숙을 하다가 가방을 잃어버렸다고 함. 요즘 일거리가 없어서 지난 한 달 동안 천 원으로 생활했다고 하소연함. 여섯 달이 넘게 길에서 노숙을 했더니 몸이 너무 아프다고 함. 겨울옷, 몸살 약, 찜질방 티켓 2장, 용돈 만 원 지원.

박○○(47세) 알코올 중독으로 얼굴에 피부병이 번졌음. 피부 연고와 약값 만 원 지원.

오○○(39세) 영등포역에서 6개월이나 노숙을 함. 감기 몸살로 많이 아픔. 겨울옷 부탁해서 점퍼와 장갑 그리고 용돈 만 원 지원.

김○○(44세) 공사장에서 일하다가 다리와 발바닥을 다쳤다고 함. 동인천 역전에서 10개월째 노숙을 하고 있음. 내복과 차비 만 원 지원.

정○○(45세) 너무 추워서 일도 못 하고 감기 몸살로 많이 아프다고 함. 잠 잘 방과 일자리를 부탁함, 찜질방 티켓 2장과 겨울 점퍼와 내복 지원.

오직 사랑만이

가장 가난한 사람들인 우리 손님들에게 주어진 돈 3천 원은 참으로 필요한 돈이었습니다. 제구실을 다했습니다. 영등포역 근처의 행복다방에 3천 원을 내면 하룻밤을 노숙하지 않아도 됩니다.

2014년 4월에 필리핀으로 가서 필리핀 민들레 국수집을 열었습니다. 민들레 국수집에 오는 아이들은 형제자매들이 많습니다. 많은 형제자매들 중에 한두 명이 민들레 국수집에 옵니다. 식사 때 맛있는 반찬이 나오면 먹지 않고 가슴에 숨깁니다. 사탕이나 빵이 간식으로 나와도 먹지 않습니다. 동생들과 나눠 먹으려고요.

그래서 2014년 9월부터는 우리 아이들 가족들은 누구나 국수집에 와서 함께 식사할 수 있도록 했습니다. 가족들이 많이 올 때는 조금 걱정이 되기도 했습니다. 식사하러 오시는 부모님들에게 무엇이 제일 필요한지 물어봤습니다. 이구동성으로 일자리가 있으면 좋겠다고 합니다.

빌레가스 씨는 손수레가 있으면 빈 병과 고물을 수집하는 일을 하고 싶다고 합니다. 봉 아저씨는 파인애플과 수박 등을 파는 과일 수레가 있으면 좋겠다고 합니다. 멀씨 아주머니는 집에서 사리사리 스토어를 열고 싶다고 합니다. 젤보링고 아주머니는 걸레 파는 일을, 줄리엣 아주머니는 떡장수를 하겠다고 합니다.

작은 사업계획을 쓰고 4천 페소(10만 원) 미만의 필요 금액과 매주 상환금액을 쓰면 무이자로 빌려드리고, 전부 갚으면 5백 페소(12,500원)의 상금과 함께 다시 돈을 빌려드리겠다고 했습니다. 하지만 갚지 않으면 아이들 장학금을 중단하겠다고 했습니다.

지난 6월부터 50번의 소액대출이 있었고, 20명에게 상금 5백 페소씩 드렸습니다. 나머지 가정은 상환을 계속하고 있습니다. 안타깝게도 두 가정이 갚지 못했습니다.

지난달에는 예수살이 공동체에서 소액대출 프로그램에 쓰라고 백만 원이나 도움을 주었습니다. 소액대출 프로그램을 시작한 후로 민들레 국수집에 식사하러 오는 가족들의 수가 현저하게 줄었습니다.

2015년 11월 14일에는 총 일흔 가정에 소액대출을 해드렸습니다. 매주 일정액을 제대로 모두 상환한 가족이 총 서른 가구입니다. 상금으로 1만 5천 페소가 지출되었습니다. 현재 계속 상환 중인 가정이 서른일곱 가정입니다. 안타깝게도 중도에 상환을 포기한 가정이 세 가정입니다.

오직 사랑만이

제도와
비제도

처음 국수집을 열 때부터 민들레 국수집을 찾아오시는 손님들이 사람 대접을 받으면서 식사하실 수 있도록 애썼습니다. 손님들이 드시는 음식이 아무리 먹어도 살로 가지 않는 눈칫밥이 되지 않도록 마음을 다잡았습니다.

무료 급식이라는 표시를 내지 않도록 했습니다. 그래서 민들레 국수집을 시작할 때 보통 음식점처럼 일반요식업 등록을 했습니다. 사업자등록도 했습니다. 사업자등록은 나중에 할 이유가 없기에 취소했습니다. 왜냐면 돈을 주고받지 않기 때문에 세무서에 보고할 것이 없어서였습니다.

민들레 국수집 간판도 흰색 바탕에 노란 글씨로 되도록 눈에 띄지 않도록 만들었습니다. 십자고상 하나만 벽에 걸어 놓았습니다. 손님들에게 기도하라고 잔소리하지 않기로 했습니다. 잘 살라고 잔소리하지 않기로 했습니다.

민들레 국수집이 돈이 모자라서 문을 닫는 경우가 있더라도 하지 않을 것들도 다짐했습니다.

첫째로 정부 지원을 받지 않는 것입니다. 둘째로 예산을 얻기 위해서 프로그램 공모를 하지 않는 것입니다. 셋째로 부자들의 생색내는 돈은 받지 않는 것입니다. 그리고 넷째로 후원금을 확보하기 위해 후원회 조직을 하지 않는 것입니다. 다만 착한 사람들의 후원은 기꺼이 받을 것입니다. 개인의 자발적인 나눔이야말로 사람을 살리게 하는 힘이기 때문입니다.

그렇게 하고도 모자라면 저의 주머니를 모두 털어야 합니다. 그럼에도 불구하고 만약에 돈이 없어서 문을 닫아야 한다면 민들레 국수집이 세상에 도움이 되는 일이 아니기 때문에 문을 닫고 다른 일을 찾아볼 것입니다.

민들레 국수집을 경직된 조직이 아니라, 도로시 데이의 '환대의 집'처

오직 사랑만이

럼 살아 있는 유기체로 만들고 싶었습니다. 모든 봉사자들은 자유롭게 하고 싶은 일을 하고, 떠나고 싶을 때 마음 편히 떠날 수 있도록 먼저 와서 보고 하고픈 일을 찾아 하시도록 했습니다. 봉사자들이 아무도 없을 때라도 혼자서라도 꾸려 나갈 수 있도록 직접 주방 일을 했습니다.

그렇게 민들레 국수집은 다른 사회복지시설이나 단체와는 다르게 운영을 했습니다.

민들레 국수집은 예산을 세우지 않습니다. 매달 수입이 고정적일 수가 없습니다. 수입이 많을 때는 손님들에게 좀 더 맛있는 음식을 대접합니다. 그리고 손님들께 조금 더 도움이 될 만한 일들을 하면 됩니다. 수입이 적을 때는 최대한 아낍니다. 수도료나 전기료 등 공과금은 한두 달 미룰 수 있기 때문에 민들레 국수집 손님들 대접하는 것부터 우선합니다.

수도원을 나온 환속한 평신도가 운영하는 민들레 국수집이지만 교회 공동체 안에서 활동한다는 마음으로 천주교 인천교구 사회복지 가입시설이 되었습니다.

그리고 민들레 국수집 앞에 '인천교구'라는 명칭을 사용할 수 있는 허락을 받았습니다. 그래서 인천교구 민들레 국수집, 인천교구 민들레꿈 공부방, 인천교구 민들레 가게, 인천교구 민들레희망지원센터 등등으로

선물에 감사하는 마음이 세상을 바꾸게 하는 힘입니다.
민들레 국수집에서는
모든 것이 선물처럼 주어지기를 바랍니다.

이름을 사용했습니다.

그리고 2009년 민들레희망지원센터를 만들 때 보건복지부에서 천주교 인천교구 유지재단을 통해서 사업자금을 지원해 주었습니다. 건물을 사서 인천교구 부동산으로 등기를 하고 별도의 무료임대 계약을 맺었습니다. 민들레 국수집이 민들레희망지원센터를 운영하고 건물은 무료로 임대하며, 민들레 국수집이 더 이상 노숙인을 위한 일을 하지 않을 때는 교구에 무조건 반납한다는 조건이었습니다.

그렇게 몇 년의 세월이 흘렀습니다. 몇 번이나 사회사목 담당 책임자가 바뀌었습니다. 2014년 초에 민들레 국수집이 미인가에서 인가되는 제도 안으로 들어와야 한다는 압력이 있었습니다.

고심에 고심을 하다가 처음처럼 비제도의 민들레 국수집으로 계속 남기로 작정하고 민들레희망지원센터 건물을 인천교구에 돌려드렸습니다. 민들레 국수집은 사회복지 가입시설에서 탈퇴를 하고 모든 간판에서 인천교구를 내렸습니다.

호의를 계속 받다 보면 호의를 아주 당연한 것처럼 여기는 경우가 있습니다. 고마워할 줄 모릅니다. 그리스도교에서 말하는 구원은 고마워하는 것에서 시작이 됩니다. 선물에 감사하는 마음이 세상을 바꾸게 하는 힘입니다.

민들레 국수집에서는 손님들에게 모든 것이 선물로 주어지기를 원합니다.

오직 사랑만이

쌀이 아슬아슬할 때 동네 할머니들이 쌀을 가지러 오시면 갈등을 하다가 할머니께 쌀을 드립니다. 그런데 희한합니다. 조금 남은 것을 나누고 나면 두세 배의 쌀을 고마운 분들이 가져오십니다. 고맙습니다. 물고기 두 마리와 보리빵 다섯 개로 오천 명이나 먹고도 남은 것이 열두 광주리나 되었다는 오병이어의 기적입니다.

04

나눌수록
더 커지는
기적

세상을 바꿀 수 있다고
믿는 바보들

세상을 바꿀 수 있다고 믿는 바보가 되고 싶으세요?

감옥에 있는 형제들을 만나러 가려고 이발소에 가서 이발을 했습니다. 차례를 기다리는 동안 신문을 읽다가 재미있는 광고 문구를 봤습니다.

"세상을 바꿀 수 있다고 믿는 바보가 되세요."

우리가 사는 세상에는 바보가 참 많습니다. 세상을 바꿀 수 있다고 믿는 바보들이 많습니다. 민들레 국수집에서 지내다 보면 바보들을 참 많이 만납니다.

제가 존경하는 자원봉사자 자매님이 계십니다. 지하상가에서 조그만

의류 가게를 운영하십니다. 겨우 한 달에 두 번 가게를 쉬는데도, 그날은 민들레 국수집을 찾아오십니다. 바보처럼 가장 궂은일을 찾아서 하십니다. 그리고 오후 5시 하루가 끝날 때 거금 5만 원이 든 봉투를 살짝 전해 주고 가십니다. 몇 년째 한 번도 빠지지 않고 오셨는데, 요즘은 친정어머니가 편찮으셔서 못 오고 계십니다.

얼마 전에도 싱글벙글 웃는 바보 같은 분을 만났습니다. 트럭 행상을 하십니다. 조그만 트럭을 몰고 골목골목 다니시면서 두부도 팔고 어묵도 팝니다. 제가 처음 뵌 때가 2003년 민들레 국수집을 시작할 때였습니다. 그러니까 트럭 행상을 하신 지 10년도 넘었습니다. 바보처럼 장사를 하시기에 평생 트럭 행상을 하시는 것 같습니다.

어제도 민들레 국수집에 두부를 선물해 주셨습니다. 장사 개시도 하기 전에 따끈따끈한 두부를 두 판이나 주셨습니다. 바보가 아니라면 분명 장사 끝난 다음에 안 팔려서 남은 두부를 주셔야 할 텐데 장사 개시도 하기 전에 제일 좋은 두부를 선물해 주시니 부자가 되기는 영 글렀습니다.

또 바보 같은 분이 계십니다. 부평에 사시는 봉사자십니다. 주일날 외에는 아침 일찍 민들레 국수집에 출근하셔서 저녁까지 자원봉사를 하십니다. 연세가 일흔이 넘으셨습니다. 손님들이 편안하게 식사하실 수 있

나눌수록 더 커지는 기적

우리가 사는 세상에는 바보가 참 많습니다.
세상을 바꿀 수 있다고 믿는 바보들이 많습니다.
민들레 국수집에서 지내다 보면 바보들을 참 많이 만납니다.

도록 지극정성으로 식탁 봉사를 하십니다.

그러다가 술 취한 우리 손님께 차마 입에 담지 못할 욕설을 듣고도 허허 웃으시면서 손님들을 다독이십니다. 항상 웃으십니다. "고맙습니다"라는 말을 입에 달고 사십니다.

직장에서 정년퇴직한 다음 날부터 민들레 국수집으로 1년째 출근 중인 형제님도 있습니다. 민들레 국수집을 찾아오시는 바보들을 소개하자면 끝이 없을 것 같습니다.

김해자 님이 쓴 〈나무, 관세음보살〉이라는 시입니다.

산다는 건 저런 것이다.

비 오면 비에 젖고

눈 오면 허옇게 얼며

천지사방 오는 바람

온몸으로 받는 것이다.

부스럼 난 살갗 부딪혀 간

수많은 자국들 버리지 않는 것이다.

얻어맞으며 얼어터지며

그 흉터들 제 속에 담아

나눌수록 더 커지는 기적

또 한 겹의 무늬를 새기는 것이다.

봄빛 따스하면

연두빛 새순 밀어 올리고

뜨거운 여름날 제 속으로 깊어져

그늘이 되는 것이다.

믿는 도끼에 발등 찍힌다는

속담도 모르는 나무는

자기도 모르게 발등 내주어

장작이 되고 의자가 되는 것이다.

나무, 관세음보살

베베모
가족

1994년부터 교도소를 찾아다니며 감옥에 갇힌 형제들을 만난 인연으로 출소자를 위한 '겨자씨의 집'을 조그맣게 운영했습니다. 그러다 2002년에 아내인 베로니카와 딸 모니카를 만나 '베베모' 가족이 되었습니다. 베베모란 세 식구의 세례명인 베드로, 베로니카, 모니카의 첫 글자를 따서 지은 이름입니다.

베베모 가족은 예수살이 공동체의 표어인 '소유로부터의 자유, 가난한 이들과 함께하는 기쁨, 아름다운 세상을 위한 투신'을 가훈으로 삼았습니다. 첫 가족여행의 행선지는 청송교도소였습니다. 사형수와 무기수로

나눌수록 더 커지는 기적

감옥에 갇힌 형제들을 만나러 갔습니다.

처음 민들레 국수집을 차렸을 때는 저 혼자 일을 하고, 딸 모니카는 학교 다니는 틈틈이 설거지 봉사를 했습니다. 2008년에 민들레꿈 공부방을 열면서 모니카가 다니던 직장을 그만두고 가난한 아이들을 돌보는 일을 시작하게 되었습니다. 지금은 민들레꿈 어린이밥집과 민들레책들레 어린이도서관을 함께 맡아 운영하고 있습니다. 2014년부터는 법무부 경북북부 제1교도소의 교정위원으로 재소자를 위해 활동하고 있습니다.

저에게는 돈을 벌 재주가 없어 돈 버는 일은 지하상가에서 옷가게를 하는 베로니카가 맡았습니다. 베베모 가족의 자금책인 베로니카는 어려운 가운데서도 민들레 국수집을 찾는 배고픈 손님들을 위해 수입의 거의 전부를 내놓습니다. 그것도 모자라는지 교도소의 재소자 형제들과 민들레 식구들까지 도와줍니다. 자신에게 아무런 도움도 되지 않는 일을 열심히 합니다. 누가 시켜서도 아니고 남의 시선 때문에 그러는 것도 아닙니다. 그저 자연스럽게 합니다.

가족마저 외면한 교도소의 외로운 형제들에게 편지로 안부를 묻고, 그 형제들이 전화를 하면 친누나처럼 살갑게 받아 줍니다. 달마다 영치금을 넣어 주고, 계절이 바뀔 때마다 옷가지를 챙겨 보내 주며, 명절과 생일이 되면 선물도 잊지 않습니다. 1년에 한 번뿐인 여름휴가 때는 편지로만 만나던 재소자들을 직접 찾아갑니다. 어떤 가족이 그처럼 정성스럽게 옥바라지를 할 수 있을까 감탄할 정도입니다.

노숙하면서 외롭고 힘겹게 살아가는 민들레 식구들도 가족처럼 여기고 보살핍니다. 서른 명도 넘는 민들레 식구들의 생일을 저도 모르게 챙기고 잔치를 열어 줍니다. 명절이면 민들레 식구와 출소한 형제들을 초대해서 함께 음식을 나누고 용돈을 주고 먹을 것을 챙겨 줍니다. 식구들 옷이 허름하면 새 옷으로 갈아입도록 해줍니다.

민들레 식구가 아파서 병원에 입원하면 어찌나 정성스럽게 간호해 주는지 놀랄 정도입니다. 입맛이 없다고 투정하면 전복죽을 쑤어 나릅니다. 머리를 감기고, 얼굴을 씻겨 줍니다.

2009년에 민들레희망센터가 생긴 이래 베로니카는 VIP 노숙 손님들의 가슴 아픈 사연을 지치지도 않고 들어 줍니다. 우리 손님들은 베로니카를 '큰 손 아줌마'라는 별명으로 부르기도 합니다. 말문을 닫아 버렸던 우리 손님들이 베로니카의 세심한 배려로 스스로 말하기 시작하여 노숙 생활에서 벗어나는 사람이 많아졌습니다.

2010년 VIP 손님들을 위한 민들레 진료소와 민들레 옷가게를 열면서 베로니카의 일이 더 많아졌습니다. 자기 옷가게를 직원에게 맡긴 뒤 오전에는 민들레 옷가게에서 손님들에게 필요한 옷가지를 챙겨 주는 일을

나눌수록 더 커지는 기적

베드로가 아내 베로니카와 딸 모니카와 만나 베베모 가족이 되었습니다.
'소유로부터의 자유, 가난한 이들과 함께하는 기쁨,
아름다운 세상을 위한 투신'을 가훈으로 삼았습니다.

했습니다. 오후에는 민들레희망센터에 가서 우리 손님들의 가슴 아픈 사연을 듣고 독후감 발표도 지켜봐 주며 아픈 이들을 세심하게 보살펴 줍니다.

2011년부터 필리핀의 가난한 아이들을 위한 장학금 지원을 시작하면서 아이들 옷을 챙겨 보내는 어려운 일까지 맡아 주었습니다. 2014년 제가 필리핀 민들레 국수집을 세우기 위해 떠나면서부터는 아예 인천의 민들레 국수집을 전부 맡아 운영했습니다. 그러면서 베로니카가 몸살을 앓았습니다. 하지만 아파하면서도 웃습니다. VIP 손님들이 행복해하는 모습을 보면 힘든 줄도 모르겠다고 합니다.

예수님께서 십자가를 지고 골고타 언덕을 오르실 때, 베로니카는 상처 입은 예수님의 얼굴을 수건으로 닦아 드립니다. 화가 조르주 루오는 이 장면을 그린 뒤 '어여쁜 베로니카'라고 제목을 달았습니다. 다른 사람의 고통에 공감하는 베로니카는 참으로 어여쁜 여인입니다.

고통을 겪는 사람에게 진심으로 사랑의 수건을 내미는 베로니카. 이토록 어여쁜 베로니카가 저의 아내입니다. 호박이 넝쿨째 굴러 들어왔다는 것을 알게 해준 보물이지요.

베로니카의 따뜻함과 너그러움, 자상한 배려는 저와 인연이 있는 교도소의 재소자 형제들, 민들레 국수집의 손님들과 민들레 식구들, 민들레꿈 어린이공부방 아이들, 필리핀 민들레 국수집 아이들, 필리핀 다문화 모임의 엄마들에 이르기까지 미치지 않는 곳이 없습니다. 어머니의 포근한 사랑에 버금갑니다.

베로니카는 옷가게가 본업이 아니라 사랑으로 사는 것이 본업인 모양입니다. 베로니카의 사랑으로 절대 변하지 않을 것 같던 이들이 변하는 모습을 지켜볼 수 있는 행복을 누립니다. 민들레희망센터는 베로니카의 작품입니다.

십자가의 길 제6처를 함께 기도하고 싶습니다.

"베로니카 수건으로 예수님의 얼굴을 닦아 드림을 묵상합시다."

진흙탕에 핀 연꽃,
꼴베 형제

안녕하세요? 자매상담 끝나고 인천까지 잘 가셨는지요? 모니카랑 철수 형에게 고맙다고 꼭 전해 주십시오. 철수 형은 늦었지만 세상을 아름답게 살아가고 있어서 보기 좋습니다.

저는 반드시 착한 삶을 살겠습니다. 전과자가 새 삶을 산다는 것이 쉽지는 않습니다. 출소하면 오십이 넘습니다. 두 번 다시 후회할 짓을 안 하려고 합니다. 저는 인생의 반은 징역에서 살고 있습니다. 그래서 저는 징역 산만큼 인생을 더 살아서 남은 인생 보람 있게 살려고 합니다.

제가 이곳에 31세에 왔습니다. 그런데 지금 나이가 49세입니다. 언제 세월이 이렇게 갔는지 참 긴 시간이었습니다. 이곳에서 20년 그냥 막 살고 나갈까 생각도 했는데 살다 보니 마음이 변하고, 또 좋은 만남으로 저의 인생에 변화가 조금 있어서 좋습니다. 사람이 새롭게 변한다는 것, 어려운 일입니다. 특히 저 같은 사람은요. 그렇지만 변할 것입니다. 반드시 변화된 삶을 살 것입니다. 이곳에서 남은 시간과 인생의 남은 시간을 제대로 살아 보겠습니다.

이곳에서 감호 살고 나간 형제들이 다시 구속되면 감호 취소시켜서 이리로 보내고 있습니다. 계속 잡아 두려나 봅니다. 감호법이 폐지됐으면 출소시켜야 하는데 계속 잡고 있는 것을 보면 무슨 꿍꿍이속이 있나 봅니다.

저희 공장에 있는 친구는 감호소에서 만난 사람들과 사회에서 만났는데 다섯 명 모두 15년씩 받아 왔습니다. 또 다른 두 명은 감호소에서 같이 나갔는데 3개월 만에 20년씩 받아 왔습니다. 말이 20년이지 피눈물을 흘려야 합니다.

저희 공장에 어린 친구들 여러 명 있는데 이놈들 징역을 이상하게 살고 있습니다. 음식을 구매시켜서 옆 사람이 있어도 혼자들 먹고 그럽니다. 그래서 어린 친구들을 다 불러서 "너희들, 음식을 구매시켜서 혼자 먹고 그러는데 너희들이 징역의 쓴맛을 모르고 있구나. 이 시간부터는 어떤 음식을 먹든 옆 사람 생각하면서 나눠 먹어라. 한 번 더 그러면 너희들 징역 고달프게 될 거다" 곱게 타일렀습니다. 징역 사는 법을 이상하게 배웠습니다.

(중략) 제가 편지 쓸 때마다 생활 잘한다고 하지요. 그런데 솔직히 생활 잘하는 것이 힘이 듭니다. 제가 지금까지 어떻게 견디며 살아왔는지 신기하기만 합니다. 사랑 덕분입니다. 이곳의 용기, 이제는 제가 죽는 한이 있어도 절대로 악으로 살지 않겠습니다.

청송 산골에서 꼴베 드림

몇 년 전에 꼴베 형제가 보내온 편지입니다. 꼴베 형제를 만나면서 하느님의 자비가 얼마나 큰지, 사람이 얼마나 아름다워질 수 있는지 봤습니다.

꼴베 형제는 1급 모범수로 청송교도소에서 석방되었습니다. 1급 모범수인데도 가석방 혜택을 받을 수 없었습니다. 20년 6개월을 꼬박 살고 석방된 것이 아니라 기약 없는 감호자로 경북북부 3교도소로 이송되었습니다.

꼴베 형제는 경북북부 3교도소에서 기약 없는 세월을 보냈습니다. 감호법은 폐지되었지만 부칙에 이미 감호처분을 받은 사람은 제외한다는 것 때문에 법이 없어졌는데도 7년 미만의 감호를 살아야 했습니다.

언젠가 출소하면 민들레 국수집서 봉사하기 위해 스스로 자원해서 취

나눌수록 더 커지는 기적

271

25년이나 청송에서 살았던 꼴베 형제는 출소하자마자
화수동 고개로 와서 민들레 국수집에서 봉사자로 일하기 시작했습니다.
전 재산이나 다름없는 돈을 민들레희망센터에 보태라고 내놓고는
사랑을 받았으니 아낄 것이 없다면서 행복해합니다.

사반장이 되었고, 거기서 몸소 밥하는 것을 배웠습니다. 그러다가 천안 교도소로 옮겼습니다. 그러다 2014년에 이제는 지쳤다며, 이번 여름에는 법무부에 꼭 탄원서를 올려 달라고 부탁했습니다.

그렇게 탄원서를 제출하고 2015년 3월 1일, 다음 날 삼일절 특사로 꼴 베 형제가 가석방되어 나온다는 연락을 받았습니다. 서둘러 민들레 국수 집 옆에 꼴베 형제가 살 수 있는 집을 마련했습니다.

드디어 3월 2일 아침이 밝았고, 저와 베로니카는 필리핀 민들레 국수 집에 있어 딸 모니카가 두부를 싸 들고 마중을 나갔습니다. 25년이나 청 송에서 살았던 꼴베 형제는 출소하자마자 화수동 고개로 왔고 소원대로 민들레 국수집에서 봉사자로 일하기 시작했습니다. 꼴베 형제가 전 재산 이라 할 수 있는 300만 원을 민들레희망센터에 보태라고 내놓을 때 얼 마나 놀랐는지 모릅니다.

감옥에 있을 때도 배고픈 분들에게 밥을 많이 드렸으면 좋겠다고 우 편환으로 돈을 보내왔던 꼴베 형제입니다. 교도소 작업장에서 한 달을 일해 받는 작업 상여금이 몇만 원도 안 될 텐데, 일곱 번에 걸쳐 200만 원이 넘는 돈을 보냈습니다. 자기 몫을 가난한 이웃과 아낌없이 나누는 모습은 참으로 진흙탕에서 핀 연꽃처럼 아름답습니다. 사랑을 받았으니 아낄 것이 없다면서 행복해합니다.

나눌수록 더 커지는 기적

273

꼴베 형제는 매일 오전 6시면 일어나 묵주기도 5단을 바치고 6시 50분이면 어김없이 민들레 국수집으로 출근을 합니다. 요리부터 설거지, 청소까지 이제 꼴베 형제는 민들레 국수집의 모범 봉사자입니다.

청송교도소에 계신 교도관으로부터 꼴베 형제를 소개받은 것이 1995년이니 그와 인연을 맺은 지도 벌써 20년이 되었습니다. 20여 년간 꼴베 형제를 만나며 한 사람이 서서히 아름답게 변화하는 모습을 보았으니, 저는 참으로 행복한 사람입니다.

참 좋은
이웃들

동인천 전철역 근처인 화수동 골목길에 2003년 4월 1일 민들레 국수집을 열었습니다. 작고 허름한 민들레 국수집에 허름한 옷차림의 배고픈 이들이 하나둘 모여들기 시작했습니다. 부자들이 사는 동네라면 어림도 없는 일이 시작되었습니다.

노숙인을 바라보는 눈길이 참으로 따뜻했습니다. 집값이 떨어질까 걱정도 하지 않습니다. 세상에서 제일 행복한 동네에 민들레 국수집이 둥지를 틀었습니다. 졸업생을 60번도 더 배출한 송현초등학교 2회 졸업을 하신 어르신 두 분이 많이 도와주셨습니다.

나눌수록 더 커지는 기적

275

집주인이셨던 故 송세환 어르신께서는 이웃들이 민들레 국수집을 찾아오는 사람들 때문에 힘들어하면 다독거려 주셨습니다. 세를 받으시면 절반이나 뚝 떼어서 쌀 사는 데 보태라고 주셨지요.

몇 년 전의 일입니다. "자네가 믿는 하느님이 계시긴 계신 모양이여" 그러시면서 화수동 성당에 예비자 교리반에 들어가셨습니다. 그리고 세례를 받으시고 또 견진도 받으셨습니다.

지금은 고인이 되신 또 한 분의 어르신은 용원 약방을 운영하셨습니다. 쌀이 모자랄까 걱정하시면서 자주 쌀을 보내주셨습니다. 우리 손님들에게 꼭 필요한 구충제와 응급 약품을 보내 주셨습니다. 두 어르신께서 든든한 민들레 국수집의 버팀목이 되어 주셨습니다.

두 어르신의 모범 덕분인지 민들레 국수집의 이웃들은 마음이 참으로 넓습니다. 당신들이 드시기에도 모자랄 텐데도 밑반찬도 자주 가져다줍니다. 그러면서도 생색을 내는 분이 한 분도 없습니다. 그저 좀 더 못 줘서 미안해합니다. 화수시장에 나가면 착한 아주머니와 아저씨들이 덤을 너무 많이 주셔서 물건 값을 알기가 어렵습니다.

지금은 연세가 많아 요양원에 계신 보살 할머니도 민들레 국수집을 많이 도와주셨습니다. 오며 가며 먹을 것도 많이 가져다주셨습니다. 성불하라면서 축원도 해주셨습니다.

민들레 국수집의 이웃들은 마음이 참으로 넓습니다.
그저 좀 더 못 줘서 미안해합니다.
화수시장에 나가면 착한 아주머니와 아저씨들이
덤을 너무 많이 주셔서 물건 값을 알기가 어렵습니다.

'네네 치킨' 집을 운영하는 분은 예쁜 두 딸을 심부름시켜 민들레 국수집에 닭튀김을 보내 줍니다. 민지와 예지가 우리 손님들이 좋아하는 닭튀김을 부모님이 담아 주셨다면서 힘들게 들고 오기도 했습니다.

지금의 민들레 국수집 자리에 있던 쌀집 어르신도 많이 도와주셨습니다. 우리 손님들이 버린 휴지를 치워 주시면서도 얼굴 찡그리시는 법이 없습니다. 쌀도 가격을 깎아 주시고 어려울 때는 외상으로도 주시면서 도와주셨습니다.

참 좋은 이웃들이 많았습니다. 물론 지금도 마찬가지입니다.

나눌수록
더 많아지는 기적

받아 먹어라.

이것이 너희들을 위하여 주는 내 몸이니

나를 기억하여 이 예를 행하여라.

_그리스도의 성체 성혈 대축일

처음 민들레 국수집을 열었을 때는 쌀 살 돈이 없어서 국수를 삶았습니다. 그런데 손님들이 두세 그릇이나 드시고도 "밥 없어요?" 하고 물어보았습니다. 그래서 밥을 했습니다. 쌀이 떨어지는 것이 너무 아슬아슬해서 쌀독을 도자기로 바꿨습니다. 뚜껑을 열기 전에는 쌀이 있는지 없는지 몰라서 좋았습니다. 멀리서 쌀 한 포대 어깨에 메고 오시는 분이 제일 반가웠습니다.

그러다 2005년에 KBS TV 〈인간극장〉에 민들레 국수집 이야기가 방영되면서 놀라운 일들이 벌어졌습니다. 그토록 간을 쫄게 했던 귀한 쌀이 전국 방방곡곡에서 택배로 몰려오기 시작했습니다. 우리 손님들이 드시고도 남아서 어떻게 하면 좋은 분들이 보내 주신 귀한 쌀을 잘 나눠 먹을 수 있을까 고민했습니다. 그리고 어려운 이웃들과 나눴습니다.

쌀이 있으면 바라만 보고 있어도 배가 부르다는 분들과 참 많이도 나눴습니다. 얼마 전에 얼마나 쌀을 나눴는지 대강 셈을 해봤습니다. 2005년부터 지금까지 우리 손님들이 충분히 밥을 드시고도 여유가 되는 쌀을 20킬로그램 2천 포 정도 나눴습니다.

고맙습니다. 물고기 두 마리와 보리빵 다섯 개로 오천 명이나 먹고도 남은 것이 열두 광주리나 되었다는 오병이어의 기적입니다.

민들레 국수집의 보릿고개는 4~7월입니다. 동네 할머니들이 국수집에 쌀을 가지러 오시면 가슴을 졸이며 갈등을 하다가 할머니께 쌀을 드리곤 합니다. 그런데 희한합니다. 분명 '오늘은 쌀을 사러 가야 하지 않을까'라고 생각했는데 쌀이 떨어지질 않습니다. 조금 남은 것을 나누고 나면 참 희한하게도 두세 배의 쌀을 고마운 분들이 가져오십니다. 어떻게 이런 희한한 일이 생길 수 있을까 신기합니다.

쌀이 떨어질까 말까 아슬아슬하다가 이름도 밝히지 않은 분들, 또 유명한 CNBLUE 정용화 님, 유아인 님, 강지환 님, 소지섭 님, 최재성 님 등의 큰 도움으로 쌀 걱정을 놓았던 때가 한두 번이 아닙니다. 이런 일을 자주 겪으면서도 쌀이 아슬아슬할 때 쌀을 나눠 달라는 분이 오면 갈등을 하는 제가 한심스럽습니다. 그러면서 고맙습니다.

민들레 국수집의 첫 손님이자 민들레의 집의 첫 식구였던 대성 씨가 이런 말을 한 적이 있습니다. 처음에는 민들레 국수집의 쌀이 떨어질까 봐 걱정을 많이 했답니다. 국수집에 있는 쌀도 조금뿐인데 어려운 이웃에게 아낌없이 퍼주는 것을 보면 가슴이 철렁 내려앉았다고 합니다. 그런데 이제는 더 어려운 이웃에게 내어 드리면 그보다 더 많이 들어온다면서 놀랍다고 했습니다.

멀리서 주린 배를 끌어안고 찾아온 손님들께 아낌없이 내어 드리면 신기하게도 더 많은 것이 들어옵니다. 고마우신 분께서 김을 보내 주셨습니다. 식탁에 내어 드리니까 손님들이 참 좋아합니다. 이틀에 나눠 드릴까 하다가 아끼지 말고 드실 만큼 드시도록 했습니다. 그런데 저녁 무렵에 김이 커다란 상자로 두 상자나 들어왔습니다. 참으로 놀라운 일입니다.

나눌수록 더 커지는 기적

고맙습니다,
고맙습니다

　세상 안에서 세상과 다르게…… 그렇게 민들레 국수집을 시작했습니다. 지나간 세월을 생각합니다. 2003년에 민들레 국수집을 열었습니다. 그리고 곧이어 민들레의 집을 시작했습니다. 2008년에 민들레꿈 공부방을 시작했고, 2009년에 민들레희망지원센터를 열었습니다. 이어서 민들레 진료소를 시작했고 민들레 치과도 열었습니다. 2010년에 민들레꿈 어린이밥집을 열었고 이어서 민들레책들레 도서관을 열었습니다. 그리고 이어서 민들레 가게를 열었습니다. 2011년에 필리핀 민들레 국수집 스콜라십을 시작했답니다. 2013년에는 어르신을 위한 민들레 국수집을 열었고, 2014년에는 필리핀 민들레 국수집을 시작했습니다.

이런 믿을 수 없는 일들은 모두 고마운 분들의 도움 덕분입니다. 예산 확보도 없이, 운영자금도 준비하지 않고 그냥 무작정 어려운 이들을 어떻게든 돕겠다고 생각하면서 하느님의 섭리에 맡기고 시작했습니다. 정말 아슬아슬한 일들입니다. 터무니없게 보이는 일들이었습니다. 정말 하루하루가 고마운 일들의 연속입니다.

얼마 전에는 식구들 집세를 내야 하는데 낼 방법이 없어 가슴을 꽤나 졸였습니다. 누구에게 도움을 청할까 고민 고민했습니다. "주님, 도와주십시오" 속으로 기도만 했습니다. 그런데 통장에 돈이 들어왔습니다. 저녁 7시에야 네 곳에 월세를 보낼 수 있었습니다. 보내자마자 곧이어 통장이 비워졌습니다. 남인천방송 케이블 요금이 자동으로 빠져나가며 한 푼도 남기지 않고 통장잔고가 0원이 되었습니다. 놀랍습니다. 이렇게 12년을 넘게 살았습니다.

민들레 국수집에는 우렁각시들이 많이 찾아오십니다. 지난 7월의 일입니다. 민들레 식구인 병훈 씨가 아침에 일어나 밖에 나왔는데 국수집 문 앞에 가지와 오이와 콩나물과 꽈리고추와 도토리묵이 그득 쌓여 있었다고 합니다. 아무리 살펴봐도 어느 분이 보내신 것인지 알 수가 없었답니다. 이분의 마음은 얼마나 아름다우실까!

나눌수록 더 커지는 기적

그리고 더더욱 놀라운 일이 연이어 일어났습니다. 부천의 소사 본3동 성당의 형제자매님들이 오셔서 팔 걷어붙이고 다른 자원봉사자분들과 함께 우리 VIP 손님들을 대접하고 또 그 많은 재료들을 손질해서 맛있는 반찬으로 만들어 주셨습니다. 우렁각시보다 더 멋지게 해주셨습니다.

민들레 국수집은 참으로 많은 고마운 분들의 사랑을 먹으며 살아가고, VIP 손님들은 또 그 사랑으로 살아날 힘을 얻습니다.

2005년부터 지금까지 매 주일마다 서울 강남에 있는 유명한 중국 음식점 동천홍 사장님께서 재료를 직접 차에 싣고 민들레 국수집에 와 맛있는 짜장을 선물해 주십니다. 어느새 10년이 다 되어 갑니다!

남동공단의 고마운 분께서 아주 오랫동안 민들레 국수집에 잘 손질된 닭을 보내 주십니다. 아직 한 번도 만나 뵙고 고맙다는 인사조차 올리지 못했습니다.

쌀 / 계란 / 김치 / 사과 / 귤 / 겨울 침낭 / 핫팩 / 짜장, 굴짬뽕 / 의류 / 컵라면 / 쌍화탕 / 요구르트 / 초코파이 / 말린 시래기 / 의류 / 떡 / 시금치 / 표고버섯 / 사탕 / 누룽지 / 고구마 / 제주 생삼겹살 / 라면 / 배추 / 감자 / 도라지 / 남녀 내복 / 어린이 바디워시 / 비누 / 책 / 잡화 / 떡국떡 / 호두과자 / 돼지고기 / 학용품 / 가방 / 생선 / 발열내의

/ 모자 / 된장 / 고추장 / 간장 / 식용유 / 묵 / 두부 / 청국장 / 시루떡 /

단팥빵 / 신발 / 빙삭기 / 봄동 / 커피믹스

2015년 12월 한 달간 후원해 주신 물품 목록입니다. 여기 일일이 다 쓸 수 없지만, 민들레 국수집의 기적은 돈 걱정하지 않고 마음껏 손님들 대접할 수 있도록 항상 채워 주시는 마음 넓으신 은인들 덕분입니다. 고맙습니다, 고맙습니다.

나눌수록 더 커지는 기적

| 닫는 글 |

"밥은 지겨우니 이제 국수 좀 주세요"
하는 날까지

우리 손님들은 "신체 건강한 놀고먹는 놈들에게 왜 무료 급식을 하나? 굶어 죽게 내버려 둬서 자연히 도태되도록 두어야 한다"는 말을 듣는 사람들입니다.

기타를 둘러맨 젊은 친구가 어느 날 민들레 국수집을 찾아왔습니다. 어느 시설에서 알려 줘서 찾아왔답니다.

민들레 국수집에 가면 삼시세끼 밥 먹을 수 있고 방도 얻어 주고 용돈도 준다고 해서 찾아왔다고 합니다. 기타 치고 노래 부르며 베짱이처럼 살 수 있는데……. 마지막 끈 같은 가냘픈 기대를 품고 민들레 국수집을 찾아온 것입니다.

늙으신 부모님을 맡아 달라고 합니다. 정신질환이 있는 동생을 돌봐 달라고 합니다. 알코올 의존증이 심한데 마음은 착하다면서 민들레 국수집에서 봉사하면서 살게 해달라고 합니다. 방을 얻어 달라고 합니다. 그러면 민들레 국수집에서 밥 먹으면서 살 수 있다고 말입니다.

참으로 우리가 사는 세상에는 삶이 고달픈 이들이 너무도 많습니다. 그런데 도울 수 있는 일이 너무도 보잘것없는 일뿐입니다. 민들레 국수집은 배고픈 분들에게 겨우 일주일에 닷새 동안 오전 10시부터 오후 5시까지 문을 열고 밥을 나눕니다.

가난한 이들과 조금씩 나누면서 더불어 사는 것, 같이 배고픔을 나누면서 사는 것일 뿐입니다. "밥이 지겨우니 이제 국수 좀 주세요" 하는 날까지 민들레 국수집이 있을 것입니다.

"밥은 지겨우니 이제 국수 좀 주세요" 하는 날까지

하루하루가
기적입니다

1판 1쇄 발행 2016년 2월 22일
1판 10쇄 발행 2019년 10월 2일

지은이 서영남
사 진 이강훈
펴낸이 김성구

단행본부 류현수 고혁 홍희정 현미나
디자인 이영민
제 작 신태섭
마케팅 최윤호 나길훈 김영욱
관 리 노신영

펴낸곳 (주)샘터사
등 록 2001년 10월 15일 제1-2923호
주 소 서울시 종로구 창경궁로35길 26 2층 (03076)
전 화 02-763-8965(단행본부) 02-763-8966(영업마케팅부)
팩 스 02-3672-1873 **이메일** book@isamtoh.com **홈페이지** www.isamtoh.com

ISBN 978-89-464-2023-6 03810

이 도서의 국립중앙도서관 출판시도서목록(CIP)은 e-CIP 홈페이지
(http://www.nl.go.kr/cip.php)에서 이용하실 수 있습니다. (CIP제어번호: CIP2016003077)

값은 뒤표지에 있습니다.
잘못 만들어진 책은 구입처에서 교환해 드립니다.